Eduard Pfander

Die Tragik des Euripides

Erstes Heft

Eduard Pfander

Die Tragik des Euripides

Erstes Heft

Unveränderter Nachdruck der Originalausgabe von 1868.

1. Auflage 2022 | ISBN: 978-3-37505-096-2

Verlag: Salzwasser Verlag GmbH, Zeilweg 44, 60439 Frankfurt, Deutschland
Vertretungsberechtigt: E. Roepke, Zeilweg 44, 60439 Frankfurt, Deutschland
Druck: Books on Demand GmbH, In de Tarpen 42, 22848 Norderstedt, Deutschland

DIE
TRAGIK DES EURIPIDES.

STUDIEN

VON

EDUARD PFANDER.

I.

ÜBER EURIPIDES' BAKCHEN.

ERSTES HEFT.

BERN.

GEDRUCKT BEI ALEX. FISCHER.

DIE
TRAGIK DES EURIPIDES.

STUDIEN

VON

EDUARD PFANDER.

I.

ÜBER EURIPIDES' BAKCHEN.

ERSTES HEFT.

BERN.

GEDRUCKT BEI ALEX. FISCHER.

Ueber

Euripides' Bakchen.

Von

EDUARD PFANDER,

Lehrer der klassischen Sprachen an der Kantonsschule und Privatdozent der Philologie an der Universität.

Unendlich viel liegt bei dem jetzigen Stande unserer
eigenen Literatur und ihrer zu erwartenden Zukunft an der
richtigen Würdigung desjenigen griechischen Tragikers, der
die meiste Popularität im Alterthum besessen hat, und von
welchem die grösste Zahl Tragödien uns erhalten ist.

Hartung.

Nachstehende Abhandlung schon jetzt dem Druck zu übergeben habe ich mich erst
entschlossen, als mir der Auftrag geworden dem Programm der bernischen Kantonsschule für
das Jahr 1868 die übliche wissenschaftliche Beilage zu geben; denn sie ist nur ein Theil von
einer umfangreicheren Arbeit, welche denselben Gegenstand, die für eine abschliessende Beurtheilung des Bühnenphilosophen so wichtige Tragödie der Bakchen, in viel umfassenderer Weise
als es bisher geschehen, und namentlich auch in ihrem Verhältniss zu seinen früheren und
frühesten Stücken beleuchten soll.

Ausser jener äusseren Veranlassung mögen jedoch noch einige andere Rücksichten es
entschuldigen, dass ich ein blosses Bruchstück veröffentliche, vor Allem der Umstand, dass dasselbe gewissermassen ein Ganzes auch für sich bildet und gar wohl für sich allein genommen
verstanden und beurtheilt werden kann. Es muss gleich hier ausdrücklich bemerkt werden,
dass die Abhandlung vorzugsweise eine populäre Darstellung und Deutung des Inhaltes der
genannten Tragödie sein soll, und zwar in zwiefacher Hinsicht. Einmal sind alle dem nicht
kritisirenden Leser entbehrlichen Nachweise und Ausführungen so wie alle griechischen Citate

1

aus dem Text verbannt und in einem besonderen II. Theile zusammengestellt, die dem Stücke selbst entnommenen nothwendigen Belegstellen in deutscher Uebersetzung gegeben, und ist überhaupt die ganze Betrachtung so gehalten, dass sie auch für den gebildeten Laien verständlich und, wie ich hoffe, geniessbar sein wird: eine Popularität, die dem Sinn und Zweck eines Schulprogramms wohl nicht zuwider ist.

Ungleich wichtiger aber ist mir ein Zweites. Es ist nämlich diese Arbeit ein Versuch, eine euripideische Tragödie so zu erklären, wie das atheniensische Publicum, nicht die Gebildetsten und Aufgeklärtesten unter demselben, sondern das Volk, der schlichte rechtgläubige Bürger sie verstehen musste. Zu einem solchen Versuch schienen mir gerade die Bakchen am geeignetsten zu sein. Man hält sie fast allgemein für ein orthodoxes Stück, so sehr, dass ohne Bedenken daraus gefolgert wird, der greise Euripides habe der Aufklärung abgeschworen und sei in die Herrlichkeit der alten Götterwelt eingegangen, und bloss aus sich selbst erklärt scheint das Drama eine solche Annahme zu rechtfertigen (die rationalisirende Erklärung des Mythos von der Geburt des Dionysos v. 286 ff. ist gewiss interpolirt). Dann hätte allerdings die eben gemachte Unterscheidung zwischen dem Verständniss eines rechtgläubigen und demjenigen eines aufgeklärten Publicum's keinen Sinn, und es gäbe nur eine Erklärung. Allein schon Hartung hat (im Euripides restitutus wie in der Ausgabe der Bakchen) durch Vergleichung mancher scheinbar orthodoxen Stelle in diesem Stücke mit verwandten anderweitigen Aussprüchen des Dichters, namentlich aber durch Hinweisung auf die den Bakchen ganz analoge Tragödie Hippolyt überzeugend nachgewiesen, dass von einer Reaction in den religiösen Ueberzeugungen des Verfassers überhaupt nicht und in keiner Weise die Rede sein kann. Wie in dem über 30 Jahre früher gedichteten Hippolyt (aufgeführt im Jahre 428) Aphrodite für den tiefer Blickenden nicht sowohl die leibhaftige Göttin des Volksglaubens, als vielmehr eine blosse Personification der Liebe beider Geschlechter als eines mächtigen und wohlberechtigten Factors in der göttlichen Weltordnung ist, so in den Bakchen Dionysos — freilich nicht blosse Personification des Weines, wie bekanntlich bei einigen Philosophen (z. B. bei Prodikos nach Sext. Emp.), aber doch viel mehr und etwas weit höheres als der leibhaftige Dionysos der volksthümlichen Ueberlieferung. Ja, ich gehe im Gegensatz zu einer bloss orthodoxen Auffassung noch viel weiter als Hartung. Die Vertreter jener Auffassung glauben, dieses Stück sei frei von allen subjectiven Betrachtungen und Philosophemen der früheren; ich hoffe aber, sobald Zeit und Musse es mir erlauben, bis zur Evidenz nachweisen zu können, dass gerade die Bakchen, mehr als irgend eine andere der erhaltenen euripideischen Tragödien, von einem abgeschlossenen philosophischen — aber eben auch nicht sophistischen — Theorem durchdrungen sind, welches sie zur praktischen Geltung bringen sollen.

Und doch kann man den Inhalt der Bakchen wie ihre Tendenz in gewissem Sinne als orthodox bezeichnen: insofern nämlich die in ihnen enthaltenen populär philosophischen Betrachtungen und Grundsätze sich durchaus an das im Volksbewusstsein Gegebene anschliessen; sie stehen nicht sowohl im Widerstreit und Gegensatz zu dem religiös ethischen Gehalt der Ueberlieferung, als vielmehr über demselben — als dessen Potenzirung so zu sagen. Aber dies ist nicht nur in den Bakchen der Fall, sondern ebensowohl im Hippolyt und in den meisten Stücken des Euripides. Denn nichts lag seinem Wesen ferner als Negation und Skepsis; auf nichts war er weniger bedacht als auf Zerstörung des Bestehenden. Im Gegentheil, den Sinn für Anerkennung des Gegebenen bei seinen Zuhörern zu wahren und zu stärken war sein Erstes, und von dem Boden der Ueberlieferung ausgehend suchte er die religiösen und sittlichen Begriffe und Vorstellungen des Volkes, dessen Lehrer zu sein er sich zur Lebensaufgabe gemacht, zu läutern, seinen Glauben und sein Urtheil zu klären, seine logische und moralische Kraft zu heben. Wenn er in diesem Bestreben mitunter einzelne Traditionen hart angriff, so war dies — ganz abgesehen von der für die damalige, lediglich auf Tradition gegründete Lebenspraxis tief ernsten Berechtigung solch' kritischer Beleuchtungen — weder so unerhört noch überhaupt so neu, dass es den billig Denkenden unter seinen Zeitgenossen eingefallen wäre ihm einen Vorwurf daraus zu machen; dies gilt auch von denjenigen Stellen, aus denen wir den Schüler des Anaxagoras erkennen. In Bezug auf die Anfeindungen, die ihm wegen „Freigeisterei" zu Theil wurden und ihn mit zu seiner Uebersiedelung an den Hof des Archelaos veranlasst haben mögen, genügt es, daran zu erinnern, dass damals die politische Reaction mit der religiösen Hand in Hand ging, eine Erscheinung, die in unsern Tagen keiner weiteren Erläuterung bedarf. Oder ist es uns wirklich erlaubt, die Intention und Gesinnung eines Dramatikers mit derjenigen aller seiner Helden nach Belieben zu identificiren? Unter den Alten hat einzig der reactionäre Aristophanes mit den meisten, ja fast sämmtlichen neuern Erklärern des Euripides das gemein, dass er alle verkehrten Grundsätze und gotteslästerlichen Reden, die manche der euripideischen Helden aussprechen und an den Tag legen, als des Dichters eigene Gesinnung darstellt, wobei er mit einer seinen Verehrern als Liebenswürdigkeit wenn nicht gar als sittliche Strenge erscheinenden Perfidie übersieht, dass eben der Dichter selbst solchen Personen weder irgend welche Berechtigung zugesteht, noch sie jemals triumphiren lässt, vielmehr strenger verurtheilt, als Aristophanes seinerseits es in Wirklichkeit je gethan haben würde. Euripides hat seine Zuhörer nie im Zweifel über seine eigene Meinung gelassen. Aber man veranstalte einmal eine recht bunte Blüthenlese von den Gesinnungsäusserungen aller möglichen Helden der göthe'schen, schiller'schen und vorab der shakspeare'schen Dramen, wie sie Behufs einer Charakteristik des Euripides u. A. des sel. Nägelsbach (in der nachhomerischen Theologie) und in ganz vorzüglicher Weise Bernhardy (in der hall. Encyclopädie wie in der griech. Literaturgeschichte), aus vollständig erhaltenen Dramen wie aus Fragmenten und stets mit möglichst geringer Rücksicht auf Ort und Stelle, geliefert haben, schmiede daraus eine Charakteristik jener Dichterheroen, und man wird es leicht fertig bringen, aus Shakspeare, Schiller und Göthe entweder wahre Proteusgestalten von Charakteren zu machen, wie es mit Euripides Herrn Bernhardy am glänzendsten gelungen ist, oder sie in Bezug auf ihre Moral den bedenklichsten Erscheinungen an die Seite zu stellen, wie man den Euripides den Sophisten beigesellt hat, wiederum ganz, ganz so wie Aristophanes es gethan. Dasjenige Organ, durch welches vor allen die Sophistik zu einem so grossen und verderblichen Einfluss gelangte, war gewiss die Rhetorik. Und da genügt es, etwa die Medea und den Hippolyt — zwei der frühesten uns erhaltenen Stücke — mit einiger Aufmerksamkeit auf den Zusammenhang der einzelnen Partien, vor Allem aber mit Auseinanderhaltung der verschiedenen Rollen durchzulesen, um in ihrem Verfasser den bittersten Feind der sophistischen Rhetorik zu erkennen. Worte wie die der Phädra (486 f.):

$$\tau o \tilde{v} \tau' \ \ddot{\varepsilon} \sigma \vartheta' \ \dot{o} \ \vartheta \nu \eta \tau \tilde{\omega} \nu \ \varepsilon \ddot{v} \ \pi \acute{o} \lambda \varepsilon \iota \varsigma \ o \dot{\iota} \kappa o \upsilon \mu \acute{\varepsilon} \nu \alpha \varsigma$$
$$\delta \acute{o} \mu o \upsilon \varsigma \ \tau' \ \dot{\alpha} \pi \acute{o} \lambda \lambda \upsilon \sigma', \ o \dot{\iota} \ \kappa \alpha \lambda o \grave{\iota} \ \lambda \acute{\iota} \alpha \nu \ \lambda \acute{o} \gamma o \iota \ —$$

oder der Medea (580 ff.):

$$\dot{\epsilon}\mu oì\ \gamma\grave{\alpha}\varrho\ \mathring{o}\sigma\tau\iota\varsigma\ \mathring{\alpha}\delta\iota\varkappa o\varsigma\ \mathring{\omega}\nu\ \sigma o\varphi\grave{o}\varsigma\ \lambda\acute{\epsilon}\gamma\epsilon\iota\nu$$
$$\pi\acute{\epsilon}\varphi\upsilon\varkappa\epsilon,\ \pi\lambda\epsilon\acute{\iota}\sigma\tau\eta\nu\ \zeta\eta\mu\acute{\iota}\alpha\nu\ \mathring{o}\varphi\lambda\iota\sigma\varkappa\acute{\alpha}\nu\epsilon\iota\cdot$$
$$\gamma\lambda\acute{\omega}\sigma\sigma\eta\ \gamma\grave{\alpha}\varrho\ \alpha\mathring{\upsilon}\chi\tilde{\omega}\nu\ \tau\mathring{\alpha}\delta\iota\chi^{\prime}\ \epsilon\mathring{\upsilon}\ \pi\epsilon\varrho\iota\sigma\tau\epsilon\lambda\epsilon\tilde{\iota}\nu,$$
$$\tau o\lambda\mu\tilde{\alpha}\ \pi\alpha\nu o\upsilon\varrho\gamma\epsilon\tilde{\iota}\nu\ —$$

zeugen beredt genug, wie klar Euripides schon damals die schlimmen Folgen derselben für seine Vaterstadt vorausgesehen hat, wie energisch er dagegen aufgetreten ist; und von da an (die Medea ist i. J. 431 aufgeführt worden) findet sich kaum ein euripideisches Stück von Bedeutung, worin dieses Treiben nicht gekennzeichnet und gegeisselt wird. Aber auch die verkehrten Rechtstheorien und Moralgrundsätze der Sophisten, ihren Atheismus und überhaupt ihre negirenden Erkenntnisstheorien, das bloss „vernünftelnde Princip" (wie Bernhardy $\tau\grave{o}\ \sigma o\varphi\acute{o}\nu$ [Bakchen 395] wiedergibt) hat er stets mit Entschiedenheit bekämpft, nicht erst in den Bakchen, sondern von der Zeit an, wo wir annehmen können dass solche Anschauungen Ansehen und praktische Geltung zu gewinnen angefangen hatten. Oder hätte er etwa schon gegen die blosse Theorie einzelner Köpfe zu Felde ziehen sollen?

Es ist wahr, die Bakchen sind innig durchdrungen von Entsagung und bescheidener Gottesfurcht, von gläubiger Hingebung an eine von keinem Menschenwitz anzutastende Regierung der Welt und Lenkung der menschlichen Geschicke. Wer möchte nicht heute noch den Worten des Chors (902 ff.) beistimmen, die ich in der schönen Uebersetzung meines verehrten Lehrers Ribbeck (Euripides und seine Zeit, ein Vortrag. Bern 1860) hierher zu setzen nicht umhin kann:

> Glücklich, wer aus des Meeres Sturm
> Sicher entrann und den Hafen erreichte;
> Glücklich, wer in des Lebens Noth
> Oben den Kopf hielt. Einer den Andern
> Ueberholt an üppiger Macht.
> Hoffnungen sind tausenden
> Tausende: die enden in Segen
> Den Sterblichen, andre zerrinnen.
> Darum, wem nur von einem Tage zum andern
> Glücklich das Leben verfliesst, den preisen wir.

$$\tau\grave{o}\ \delta\grave{\epsilon}\ \varkappa\alpha\tau^{\prime}\ \mathring{\eta}\mu\alpha\varrho\ \mathring{o}\tau\omega\ \beta\acute{\iota}o\tau o\varsigma$$
$$\epsilon\mathring{\upsilon}\delta\alpha\acute{\iota}\mu\omega\nu,\ \mu\alpha\varkappa\alpha\varrho\acute{\iota}\zeta\omega.$$

Aber diesen und ähnlichen Betrachtungen steht doch hier der Jubel und das fröhliche Glück zur Seite, das der Gott den Gläubigen verleiht; wie viel ernster und eindringlicher musste eine Hekabe (etwa i. J. 425), mussten die Troerinnen (i. J. 415 aufgeführt) in ihrem unermesslichen Jammer und Elend zu jener Resignation auffordern! Ich habe absichtlich die letzten Worte der bakchischen Frauen im griechischen Text beigefügt, denn auch die ihrer letzten Hoffnungen beraubte Hekabe ruft aus (627 f.):

$$\textit{κεῖνος ὀλβιώτατος}$$
$$\textit{ὅτῳ κατ᾽ ἦμαρ τυγχάνει μηδὲν κακόν —}$$

oder endlich ein **Orestes**, ein der Zeit nach (aufgeführt i. J. 408) den Bakchen sehr nahe stehendes Stück, welches mit den Worten begann:

> Nichts ist zu schrecklich, was sich irgend nennen lässt,
> Kein Seelenleiden, keine gottverhängte Pein,
> Dass über Menschenherzen nicht sein Druck erging —

einem Ausspruch, den der im Theater anwesende Sokrates (er ging stets hin, wenn ein neues Stück von Euripides aufgeführt wurde) zum zweiten Male zu hören verlangt haben soll. Und wer etwa geneigt ist, in den letztgenannten Stücken vorzugsweise den Weltschmerz zu finden, von dem der tragischste der Tragiker lange Zeit hindurch — eben wiederum bis zur Abfassung der Bakchen in den letzten Tagen seines Lebens — erfasst gewesen sein soll, der denke an die Aufforderung zum fröhlichen Genusse des Lebens und des Augenblicks, welche Herakles in dem frühesten der uns erhaltenen Stücke Alkestis (aufgeführt i. J. 438) an den Diener des Admet ergehen lässt (782 ff.), vor Allem aus aber an die Staatsrede und wohlwollende Strafpredigt, die Theseus in den Schutzflehenden, der Zeit nach einem der mittleren Stücke, dem unglücklichen Adrastos hält, mit directer, aber gegensätzlichster Beziehung auf Prodikos und die keische Satzung (vgl. Welcker, Prodikos von Keos der Vorgänger des Sokrates, im rhein. Mus. für Philologie Bd. I. [1833] S. 622) also beginnend (195 ff.):

> Auch schon mit Andern hab' ich über diesen Satz
> Gestritten: man behauptet, dass des Misslichen
> Weit mehr im Menschenleben als des Guten sei. •
> Doch ich behaupte nun hievon das Gegentheil:
> Mehr ist des Guten als des Schlimmen in der Welt!

Denn mit Recht wird Theseus als eines der vornehmsten Organe euripideischer Denkweise angesehen, wobei wiederum an den Hippolyt erinnert werden kann. Die einleitenden Worte aber der eben angeführten Rede:

$$\textit{ἄλλοισι δὴ 'πόνησ᾽ ἁμιλληθεὶς λόγῳ}$$
$$\textit{τοιῷδε —}$$

erklären den Inhalt derselben ausdrücklich als das Resultat reiflicher Ueberlegung und Erwägung der Gründe auch der gegentheiligen Ansicht. Und in dieser nämlichen Rede endlich vernehmen wir die Worte (214 ff.):

> Da nun die Welt so schön von Gott geordnet ist,
> Ist, damit nicht zufrieden sein, nicht Ueppigkeit?
> Allein der Vorwitz will sich über Gottes Macht
> Erheben, und im Herzen wohnt der Uebermuth:
> So dünken wir uns klüger als die Himmlischen.

Was die Gottheit auch dem aufgeklärtesten und strengsten Forscher aller Zeiten sein und bleiben wird, das war sie unserm Dichter: ein Wunderbares und Unerforschliches (ποικίλον τι καὶ δυστέκμαρτον, Helena 711 f.), eine Erkenntniss, die derselbe nicht erst am Abend seines Lebens ausgesprochen (die Helena wurde aufgeführt i. J. 412), wohl aber eine Ueberzeugung, welche er von frühester Zeit an zur Richtschnur all' seines Dichtens und Trachtens gemacht hat.

Und doch hat er nicht aufgehört, über das Wesen der Gottheit zu denken und zu forschen bis an das Ende seiner Tage. Auch seine Seele athmete leichter im Lichte als in der Dämmerung.

Das schönste Andenken, welches die dankbare Nachwelt des Alterthums dem frommen Denker und Dichter Euripides geweiht hat, ist die Sage, dass sein Grab vom Blitz getroffen worden: ein solches Stück Erde war heilig, und unter ihr ruhte ein Liebling der Götter.

Ich muss noch einmal den Aristophanes zum Ausgangspunkt einer kleinen Betrachtung machen. Derselbe zeigt sich in seiner Auffassung der damaligen Zeitströmung wenigstens insofern consequent, als er nicht allein den Dichter Euripides, sondern mit ihm auch den Philosophen Sokrates unter das Gelichter der Sophisten wirft. Nicht nur leitete hierin den Komiker ein richtiges Gefühl, sondern es hat diese Nebeneinanderstellung der Beiden auch eine tiefere, eine eigentlich weltgeschichtliche Bedeutung. Denn wiewohl Beide, in ihren ethischen und religiösen Anschauungen, von der Basis des Volksthümlichen und Gegebenen ausgingen und an dieser, so weit ihre bessere Einsicht es gestattete, mit aufrichtiger Ueberzeugung und mit allem Nachdruck festhielten, zugleich den Kampf aufnehmend mit den das Bestehende negirenden Sophisten: so erhoben sie sich doch, in ihrem steten Bestreben jene Basis durch Reinigung und Läuterung derselben zu festigen, weit über das im blossen Volksbewusstsein Gegebene hinaus. Nicht die Sophisten, sondern Männer wie Euripides und Sokrates waren es, welche allmälig die engen Schranken des reinen Hellenenthums hier und dort gewaltig durchbrachen und die Geister hinausführten in das weite Reich allgemeinen Menschenthums. Die Sophistik hat es im Wesentlichen nicht weiter gebracht als den Grundfactor der griechischen Welt, das Leben in und nach der Natur, christlich ausgedrückt: den natürlichen Menschen, zum Princip und Massstab der sittlichen Praxis zu erheben und ihn so auf diejenige Höhe zu treiben, von welcher er in sich selbst zusammenfallen musste; Euripides aber und Sokrates waren die Propheten einer neuen Welt, dieser auf dem Gebiete der Wissenschaft, jener auf demjenigen allgemeiner Bildung durch das Organ der Dichtkunst. Dies ist der eigentliche, ihm selbst unbewusste Grund, weshalb der Altgrieche Aristophanes diese beiden Männer mit dem richtigen Instinkt einer genialen Natur so bitter bekämpft, aber auch mit der Kurzsichtigkeit eines engherzigen Geistes an die Seite, ja an die Spitze der Sophisten gestellt hat.

Den Process, welcher in den religiösen Anschauungen der aufgeklärteren Geister der hellenischen Welt allmählig vor sich ging und in jenen so reich bewegten Zeiten seinen Abschluss fand, veranschaulichen wohl am besten folgende Worte Lotze's (Mikrokosmus Bd. III. S. 346): Die „Vermenschlichung der Götterwelt führte ... zugleich zu ihrer Versittlichung. So oft das volksthümliche Gewissen eine neue moralische Verpflichtung, eine neue sittliche Idee in ihrer Schönheit und Dringlichkeit erkannt hatte, suchte man theils aus dem natürlichen Bedürfniss, das Grösste in der Welt auch als das Vollkommenste fassen zu dürfen, diese Schönheit auch der Götterwelt als eine vorher nur unbekannt gebliebene Seite ihres Reichthums zu sichern, theils dadurch, dass man die erkannte Pflicht aus dem Willen der Götter ableitete, sie über die Schwankungen des individuellen Urtheils und der veränderlichen Stimmung hinauszuheben. So veredelten die Griechen durch die Ergebnisse der lebendigen Bildung ihren Glauben; die tiefsinnigsten Dichter rangen darnach, den überlieferten Inhalt desselben mit ihrem Bewusstsein heiliger Gebote und Wahrheiten zu durchdringen und zu vertiefen. Und eben dadurch ward zuletzt das Gefühl von der Unzulänglichkeit der Grundlage übermächtig, die man so zu veredeln suchte; man fand, dass Alles, was dem menschlichen Leben Werth gibt, sich zwar äusserlich an den Namen der mythischen Götter knüpfen lasse, aber in ihrem Begriff doch nicht wurzele. Da kam der einfache Name Gottes oder des Göttlichen überhaupt zu Ehren, um die wahre Quelle des Werthvollen zu bezeichnen, zu der sich suchend die lebendige Sehnsucht der edleren Geister zurückwandte.

„Zu diesem Abschluss kam die Religion Einzelner, nicht die des Volkes.“ In diesem letzten Punkte allein, fügen wir hinzu, besteht der Gegensatz, in welchem die Theologie auch eines Euripides zu der Volksreligion sich verhielt; aber es ist eben nur der Gegensatz des Vollkommneren zum Unvollkommenen.

Von der ethischen Weltansicht des Sokrates hat Strümpell (Gesch. der praktischen Philosophie der Griechen vor Aristoteles S. 116 ff.) ein nach meinem Dafürhalten ganz ausgezeichnetes Bild entworfen, welches auf das Verhalten des Philosophen auch zur Volksreligion besondere Rücksicht nimmt. Ich kann es mir nicht versagen, aus dieser Darstellung einige Partien hier wörtlich wiederzugeben, deren Inhalt ich, so weit er sich irgend auf die Praxis eines Dichters anwenden lässt *), in seinem vollen Umfange auch auf Euripides angewendet wissen will: „Aus der Gesammtheit der menschlichen Angelegenheiten sondert sich derjenige Theil, für welchen zugleich in dem menschlichen Geist die Mittel zum sicheren und endgiltigen Urtheil gelegt sind, von einem anderen Theil aus, in Bezug auf welchen ein solches Urtheil der menschlichen Erkenntniss versagt ist. Während diesen letzteren die Götter zur Ausübung ihres eigenen permanenten Einflusses auf den Menschen und die menschliche Geschichte sich reservirten, ist der andere Theil der der menschlichen Kraft anvertraute Uebungsplatz, auf dem sie zunächst die Erkenntniss seines eigenen Zweckes und durch diese die Realisirung desselben zu suchen hat. . . . . Gibt es also allerdings ein Gebiet, auf dem der Mensch mit sicherer Entschliessung zu handeln berufen ist — und dies erstreckt sich so weit, aber auch nur so weit, wie weit sich sein Wissen und Erkennen ausdehnt, — so lagert sich doch um jeden Theil dieses Gebietes wiederum noch eine Hülle von möglichen Ereignissen — und zwar ist diese so gross, wie gross das Nichtwissen des Menschen ist —, durch welche die Wirksamkeit der göttlichen Mächte mit in den Gang der Ereignisse eingreift. . . . .

---

*) Theorie und Praxis, Wissenschaft und Dichtung standen damals einander bei weitem nicht so ferne wie in unsern Tagen. Von Sokrates bemerkt Steinthal (Gesch. der Sprachwissenschaft bei Griech. und Röm. S. 118): „Was er von den Dichtern sagte, ὅτι οὐ σοφία ποιοῖεν ἃ ποιοῖεν, ἀλλὰ φύσει τινὶ καὶ ἐνθουσιάζοντες, das gilt auch noch von ihm, von seinem logischen Denken.“

„Zunächst leuchtet ein, dass ein Mann, der in solcher Weise, wie Sokrates, eine Gränzlinie zwischen dem religiösen und ethischen Gebiete zieht, auf der einen Seite ebenso sehr über den gewöhnlichen Glauben und das gewöhnliche Verhalten Derjenigen, für die solche Gränzscheide nicht im Bewusstsein bestand, hinausgehen musste, als er auf der anderen Seite trotzdem auch einen hinreichend grossen Spielraum übrig behielt, auf welchem er sich ohne Unwahrheit und Schein, vielmehr mit gleicher Ueberzeugung demselben Glauben und demselben Verhalten seiner Mitbürger anschliessen konnte. Die Natur seines Gottesdienstes, seiner Verehrung der Götter, seines Gebetes zu ihnen, seines Abhängigkeitsgefühles von ihnen und seines Gebrauches der Mantik, seines Bewusstseins, in ihrem Dienste zu stehen, kurz, seine Religion war ihrem Sinne und ihrer Gesinnung nach eine aufgeklärtere, edlere, vorurtheilsfreiere, vernünftigere, als es ohne Annahme des genannten Verhältnisses einer relativen Selbständigkeit der menschlichen Angelegenheiten der Fall gewesen wäre. Neben dieser Selbständigkeit aber war der Ueberschuss des Ungewissen und Nichtgewussten über das Sichere und Gewusste so ausserordentlich gross, dass die das Letztere umschliessende menschliche Weisheit dem göttlichen, Alles umschliessenden Wissen gegenüber ihm doch als etwas fast Verschwindendes erschien und die Mittelwelt, die er zwischen der Götterwelt und der Menschenwelt liegend dachte, Tausende von Strassen offen liess, auf denen er mit dem factischen Cultus in Harmonie fortwandelte.“

Nun ist aber, wenn irgend ein Gebiet der Volksreligion, gerade dasjenige, welches in der zu besprechenden Tragödie verherrlicht wird, ist gerade die Verehrung des Zeussohnes Dionysos mit ihrem Enthusiasmus einerseits, anderseits mit ihrem Unsterblichkeitsglauben im Verein mit den Mysterien, sicherlich als eine der breitesten jener „Tausende von Strassen“ zu bezeichnen, auf denen die Aufgeklärtesten und Gebildetsten unter den Hellenen „mit dem factischen Cultus in Harmonie fortgewandelt“ sind.

Es dürfte nunmehr einleuchten, nicht allein worin vorzugsweise die Popularität oder, wohl richtiger ausgedrückt, die Volksthümlichkeit der folgenden Darstellung und Deutung zu suchen ist und von welchem Gesichtspunkt aus der Verfasser dieselbe geprüft und beurtheilt wissen möchte, sondern auch weshalb ihm die Bakchen zu dem Versuche einer solchen Deutung sich besonders zu eignen schienen. Freilich ist es nicht allein der Stoff oder die Intention des Dramas im Allgemeinen, was dem letzteren eine so durchaus rechtgläubige und ächt hellenische Färbung verliehen hat, es ist in weit höherem Grade noch die Kunst, mit welcher der Dichter, nicht allein in diesem Stücke, aber hier wiederum ganz besonders es verstanden hat, seine eigenen Anschauungen und subjectiven Reflexionen mit dem übrigen, objectiven und volksthümlichen Inhalte so zu verbinden und beide Elemente so vollständig sich durchdringen zu lassen, dass nur die Eingeweihten jene ersteren in ihrem vollen Umfange zu erkennen vermochten und — vermögen *). Artis est artem tegere!

---

*) Eine wesentlich verschiedene Auffassung der Sache ist es, wenn Bernhardy (Grundriss d. gr. Lit. Th. II. Abthlg. 2 S. 246) bemerkt, auch hier habe der Dichter „den Mythos als eine fassliche Hülle betrachtet, um seine subjectiven Ansichten unter dem Schutze der öffentlichen Religion auszusprechen.“ Und über diese Ansichten wird nichts näheres gesagt, als dass sie gegen die Partei der Sophisten (im Halenserprogramm vom Winter 1857 S. XI wird mit Recht namentlich auf den bekannten Kritias hingewiesen), den Atheismus und das vernünftelnde Princip gerichtet seien, einen stillen unbewegten Glauben erheben, Bescheidenheit und Ent-

Auch jene subjectiven, dem Dichter eigenthümlichen Bestandtheile iu der Tragödie aus-
zuscheiden, dieselben mit dem volksthümlichen Inhalt in ein harmonisches Ganze wiederum
zu verschmelzen und so die volle Kunst des Tragikers zu weisen, gehört nicht in den Bereich
der vorliegenden Darstellung, wiewohl selbstverständlich auch dieser Theil erst das Resultat
einer solchen Gesammtuntersuchung ist und sein kann. Denn „das Gedachte", sagt K. O.
Müller (Prolegomena zu einer wissenschaftlichen Mythologie S. 293) so treffend, „kann ich
schwerlich auf eine andere Weise erkennen, als indem ich es einigermassen in mir repro-
ducire; wie ich denn kein Kunstwerk, keine Dichtung, ja nicht einmal eine That, wenn ich
von dem bloss äusserlichen Vorgang absehe, anders begreifen kann."

I.

Auch Euripides, der Freund des Sokrates,
war ein religiöser Mann.
Welcker.

Die Bakchen des Euripides, nach der Hauptrolle auch und vielleicht ursprünglich
Pentheus betitelt, sind zugleich mit der Iphigenia in Aulis und einem verloren gegangenen
Stücke, dem Alkmeon in Korinth, in Athen erst nach dem Tode des Dichters aufgeführt, also
von dem fünfundsiebzigjährigen Greise wohl in den letzten Tagen seines Lebens — er starb
i. J. 406 vor Chr. Geb. — in Makedonien am Hofe des Königs Archelaos gedichtet worden.
Wäre uns ersteres nicht als Thatsache überliefert, die Dichtung selbst würde von einem so
hohen Alter ihres Verfassers kein Zeugniss geben; sein Genius ist nicht alt geworden. Ja
es übertrifft dieser Schwanengesang des jüngsten der drei grossen Tragiker Athens einen
grossen Theil seiner früheren Dramen dermassen an poetischer Schönheit und verräth eine
solche Frische des Geistes wie der Phantasie, dass nicht nur die Alten darin ein Meisterwerk
der tragischen Muse sahen, welches sie nicht genug preisen, nachahmen und übersetzen
konnten, sondern auch unter den neueren Beurtheilern selbst diejenigen, welche dem Dichter
sonst keineswegs hold sind, ihm hier ihr Lob nicht versagen wollen. Ist es doch die einzige

---

sagung fordern. Eben dahin hat sich im Wesentlichen schon Lobeck (Aglaoph. S. 623 ausgesprochen, dessen
Worte jedoch seltsamer Weise von Bernhardy bestritten werden (Grundriss d. gr. Lit. Th. I S. 400 a. Z.):
„Nur durch den Schein der Dramaturgie getäuscht konnte Lobeck behaupten: superest fabula Bacchæ ita
comparata, ut contra illius temporis rationalistas scripta videatur, qua et Bacchicarum religionum sanctimonia
commendatur, et rerum divinarum disceptatio ab eruditorum iudiciis ad populi transfertur suffragia: letzteres angeblich wegen v. 431, wo man die falsche Schreibart τὸ πλῆθος τὸ φαυλότερον allem Gebrauch
zuwider missdeutet." — Was waren denn jene Sophisten, ein Kritias und andere θεομάχοι, gegen die
Euripides' Polemik gerichtet ist, anderes als Rationalisten? Und was bezeichnet τὸ σοφόν oder das „vernünftelnde Princip" anderes als gerade das, was heutzutage Rationalismus heisst? Ueber die angebliche Miss-
deutung endlich der angeblich falschen Schreibart in v. 430 f. sehe man unten Note 20.

euripideische Schöpfung, an welcher A. W. von Schlegel nichts zu mäkeln hatte, an deren Zusammensetzung er „vielmehr die bei diesem Dichter so seltene Harmonie und Einheit bewundern muss, die Enthaltung von allem Fremdartigen, so dass alle Wirkungen und Antriebe von einer Quelle ausströmen und auf ein Ziel hinstreben." Ungetheilte Bewunderung fanden jederzeit die lebendigen Schilderungen des bakchischen Taumels, die üppige Sinnlichkeit und wilde Begeisterung, von denen die Chorlieder der Schwärmenden durchglüht sind, der kräftige Natursinn, der durch das Ganze herrscht und den Uebertreibungen der phantastischen Einbildungskraft poetisch ergreifende Wahrheit verleiht. Es liess sich aber auch nichts Geringes erwarten von einer Darstellung derjenigen religiösen Feier, zu deren Verherrlichung die Tragödie ursprünglich berufen war; es liess sich nichts Geringes erwarten von einem Dichter, der die in Attika unbekannten orgiastischen Dionysosfeste an einem ihrer heimischesten Sitze, da wo später Alexanders des Grossen Mutter Olympias mit den Mimallonen und Klodonen umherschweifte, aus eigener Anschauung kennen gelernt hatte:

> Wo der Musen herrlichster Sitz
> An des Olymps Berghange so an-
>   muthig lacht, in Pierien,
> Dort führe mich, lärmender und
> Voranschwärmender Gott, hin,
> Dort herrscht Verlangen, Reiz und Lust,
> Dort dürfen frei Bakchen die Weihe begeh'n —

fleht der Bakchenchor (409 ff.), und noch einmal preist er diese Landschaft und mit ihr die neue Heimat des Dichters (565 ff.):

> O Pierien, wie beglückt!
> Dich verehrt Bakchos, er naht dir
> Mit dem tollschwärmenden Chor u s. w.

Doch es ist keineswegs die poetische Vortrefflichkeit allein, die dieser Dichtung, von welcher der grosse Kenner der griechischen Tragödie sagt, dass er sie „immer zu den merkwürdigsten zählte", eine so hervorragende Stelle nicht nur unter sämmtlichen euripideischen Dramen, sondern in der ganzen alten Literatur anweist, und auch der Umstand, dass alle andern früheren und späteren dramatischen Bearbeitungen des nämlichen Stoffes untergegangen sind, hätte der vorliegenden kaum ein so hohes Interesse, wie ihr stets zu Theil geworden, zuzuwenden vermocht; was ihren eigensten und höchsten Werth ausmacht, ist vielmehr ihr ethischer Gehalt. Suchen wir diesen vornehmlich zu erforschen, aus der Dichtung selbst und den darin so lebendig verkörperten Grundsätzen und Anschauungen, und die poetische Schönheit werden wir mit geniessen.

Der Inhalt des Pentheus oder der Bakchen: die Einführung des bakchischen Cultes in Theben, der eigentlichen Heimat des Gottes, durch Dionysos selbst, der ebenso fruchtlose als verwegene Widerstand des Königs Pentheus gegen diese neue Gottheit, endlich der grause Tod, womit er sein gottesleugnerisches und gotteslästerliches Wesen büsst —, wird im Allgemeinen als bekannt vorausgesetzt [*]), und über die ersten Beurtheilungen, welche die Tragödie erfahren hat, können wir kurz hinweggehen. A. W. von Schlegel hat sich begnügt, das Stück zu loben ohne eine Erklärung zu versuchen, woran er sicherlich wohl gethan hat [2]); in zwei weiteren, ziemlich umfangreichen Abhandlungen von Meyer und Silber ist zwar der Stoff mit viel Liebe behandelt, aber ohne dass dabei viel mehr herauskommt als irgend ein allgemeiner didaktischer Satz oder eine trockene Nutzanwendung, wie man sie ebenso gut auch anderswoher abstrahiren könnte [3]). Bei Gruppe (Ariadne, die trag. Kunst der Griechen, Berl. 1834 S. 381 ff.) findet sich eine Art von Analyse nebst einigen Worten über die poetischen Vorzüge des Stücks; besser und treffender ist die kurze Betrachtung, welche Bode (Gesch. der hellen. Dichtkunst Bd. III. Gesch. der dramat. Dichtkunst der Hellenen, Leipz. 1839 S. 516 ff.) der Tragödie gewidmet hat.

So ziemlich das einzig Brauchbare, was über die Bakchen geschrieben worden, enthalten die beiden darauf bezüglichen Arbeiten von J. A. Hartung (Euripides restitutus Bd. II. Hamb. 1844 S. 539 ff. und Einleitung zu der Ausgabe der Bakchen, Leipz. 1849 [4]). Ganz vortrefflich scheint mir nämlich die Art und Weise, wie daselbst (bes. Einl. S. 8 ff.) „Sinn und Bedeutung des Bakchosdienstes aus den in der Dichtung selbst enthaltenen Schilderungen seines Wesens und Gebahrens" ins Auge gefasst, und seine Berechtigung für das hellenische Volksleben auch gegenüber der strengeren modernen Anschauung und Denkweise über dergleichen Dinge dargethan wird. Doch ist damit noch nichts weiter erklärt als eben der Cultus, den Euripides hier so besonders angelegentlich zu empfehlen scheint, und namentlich die Art und Weise, wie derselbe mit den Gebildeten seiner Zeit über diesen Cultus dachte; denn die Auffassung des Dionysos, wie sie hier „vom Standpunkt des griechischen Denkens, Fühlens und Glaubens" zu Tage tritt, gehört keineswegs dem Dichter allein, wie sich ja eigentlich von selbst versteht.

Der übrige Theil aber der Erklärungen Hartung's leidet an einem doppelten Fehler. Erstlich wird ohne Weiteres angenommen, Dionysos und der Wein oder, was auf das Nämliche herauskommt, Dionysos und sein Cultus seien dem Dichter identisch, es wolle dieser eben nur einen leichten, fröhlichen Lebensgenuss empfehlen, mit anderen Worten: der griechische Gott Dionysos existire für ihn nicht [5]). Zu einer solchen Annahme, und wenn sie im Grunde genommen noch so richtig wäre, sind wir aber noch lange nicht berechtigt, am allerwenigsten „durch die in der Dichtung selbst enthaltenen Schilderungen", an die wir uns doch in erster Linie zu halten haben. Um die der Tragödie Pentheus (wechseln wir einmal mit der Benennung) zu Grunde liegenden Intentionen zu erfahren, haben wir vorderhand nicht darnach zu fragen, wie der Dichter etwa anderswo über die nämlichen Dinge sich geäussert oder wie er überhaupt darüber gedacht hat, sondern vor Allem aus darnach, was er in dem zu erklärenden Stück aussagt, wie er hier verstanden werden will. Und hier spricht Alles gegen jene Annahme von einer Identificirung des Dionysos mit seiner Gabe und seinen Eigenschaften oder Wirkungen. Dionysos wird eingeführt als wirklicher und wahrhaftiger Gott und als solcher geglaubt und gepriesen nicht etwa bloss von dem Chor und von seinem Verwandten Kadmos und von dem ungebildeten Kuhhirten, der mit Staunen das Treiben der Mänaden angesehen, sondern ebensowohl von dem hoch-

---

*) Die Zahlen verweisen auf den II. Theil die Anmerkungen und Excurse enthaltend.

weisen Teiresias, der, wenn irgend eine Person des Stücks, gleichsam das Organ des Dichters ist. Er wird ferner, als Geber des Weines, überall sehr wohl unterschieden von dieser
seiner Erfindung, mit welcher er die Menschheit beschenkt hat, und ist diese Gabe um so
weniger zu verschmähen und um so köstlicher als sie einerseits so recht unmittelbar aus der
Hand eines Gottes kommt und andersets dieser Gott selber sie mitgeniesst, nach der ächt
volksthümlich hellenischen Anschauung, die derjenige deutsche Dichter, welcher die schönsten
Seiten des griechischen Alterthums verstanden und empfunden hat wie überhaupt Wenige, so
schön wiedergibt:

> Werther war von eines Gottes Güte,
> Theurer jede Gabe der Natur —
>
> Höher war der Gabe Werth gestiegen,
> Die der Geber freundlich mitgenoss,
> Näher war dem Schöpfer das Vergnügen,
> Das im Busen des Geschöpfes floss [6]).

Auch ist der Wein und die aus dessen Genuss entspringende Fröhlichkeit keineswegs
die einzige, sondern nur die erste und vornehmste Gabe des „grossen Freudebringers"; dieser
ist auch in andern Dingen gross (770). Er thut selbst Wunder und befähigt auch die in seinen
Dienst Eingeweihten Wunder zu thun, als da sind: Wasser, Wein und Milch aus dem Boden
sprudeln, Honig aus dem Thyrsosstab fliessen zu lassen; er verleiht seinen Dienerinnen übermenschliche Stärke und Kraft, also dass ihnen wie ihm selbst Niemand widerstehen kann.
Endlich ist er auch Seher und verleiht die Gabe der Weissagung (298 f.) [7]).

Der andere Mangel der Hartung'schen Darstellung besteht in der ungenügenden und
schiefen Charakteristik der Person des Pentheus, hängt aber mit jenem ersten Fehler eng
zusammen. Wenn die Persönlichkeit des Gottes Dionysos dahin fällt, wenn Dionysos, Bakchos,
Bromios u. s. w. nichts weiter ist noch sein soll als blosse, der Tradition zu lieb beibehaltene
Namen für den Wein oder das Getränke schlechtweg oder überhaupt für die Fröhlichkeit,
dann kann uns auch die Handlungsweise des Pentheus und die ihr zu Grunde liegende Sinnes-
und Gemüthsart kaum in einem andern Lichte erscheinen als Herrn Hartung: Pentheus ist
dann ein ernster, strenger Verstandesmensch, dem alles Aussergewöhnliche und
über das Alltägliche hinaus Gehende ein Greuel ist, und dessen Widerwillen gegen den bakchischen Taumel insofern wenigstens eine gewisse Berechtigung hat, als er die Gefahren
kennt, in welche Lustbarkeit und Genuss den Menschen führen, und daher die Versuchung
lieber gemieden wissen will; ein Mann, der mit seinem „finstern Ernst und traurigen Entsagen"
eher zu bedauern als zu tadeln wäre, wenn sich dazu nicht „moralischer Pedantismus, geistiger
Hochmuth, Lüsternheit, Verdammungssucht" und endlich allzu grosses Vertrauen auf seine
Herrschermacht und Gewalt gesellten [8]). Ja, bedenkt man, dass der Thebanerkönig gegen
die Einführung des Bakchosdienstes eben gar nichts geltend macht als dessen Gefährdung
der Sittlichkeit und etwa noch die Neuheit des zu verehrenden Gottes, erwägt man ferner,
wie wenig gerade er, der Moralheld, der Versuchung widerstehen kann, wo sie an ihn heran-
tritt: so möchte man vermuthen, Euripides habe dem athenischen Volke — denn für dieses
vielmehr als für makedonischen Hof ist die Tragödie gedichtet — einen orthodoxen Rigoristen

und Reactionär der damaligen Zeit vorführen und an dem Beispiel des Pentheus zeigen wollen, wie schlecht es im Grunde genommen mit der Tugendhaftigkeit gar vieler Vertreter einer starren Altgläubigkeit bestellt, dass ihre Religiosität und Moral eine bloss äusserliche, also nichtige sei — eine Beobachtung, die man auch in unseren Zeiten und so lange die Welt steht oft genug wird machen können.

Die Annahme einer derartigen Intention des Dichters bei Abfassung der Bakchen hat namentlich insofern viel für sich, als die durch die Folgen des peloponnesischen Krieges hervorgerufene religiöse Reaction, deren Keime schon gegen das Ende der perikleischen Zeit emporzusprossen begannen, und welcher nach einer Reihe anderer aufgeklärter Männer schliesslich auch Sokrates zum Opfer fiel, vornehmlich in denjenigen Kreisen Athens sich geltend machte, welche zugleich mit der politischen Reaction gegen die Volksherrschaft eifrig beschäftigt waren. In den Bakchen wird ja mit besonderem Nachdruck an das Volk, an das Urtheil und an den Brauch der schlichten Menge appellirt, und wird als ein besonderes Verdienst des neuen Gottes hervorgehoben, dass Reich und Arm, Gross und Gering ihm gleich gelte [9]).

Doch wir sind noch nicht so weit, die Wahrscheinlichkeit einer derartigen Vermuthung, welche durch die Hartung'sche Erklärung des Stücks gestützt zu werden scheint, weiter verfolgen und näher prüfen zu können. Vor Allem müssen wir den Charakter der Hauptrolle, auf deren richtige Zeichnung sehr viel um nicht zu sagen das Meiste ankommt, schärfer in's Auge fassen. Pentheus ist allerdings Verstandesmensch und seine Auffassung der Dinge eine durchaus äusserliche, so dass seinem Sinn verborgen bleibt was nicht auf der Oberfläche liegt, und sein Geist nichts zu erfassen vermag als was sich mit Händen greifen lässt [10]): allein dies kann bloss moderner, zumal deutscher Anschauung als Grundzug und Hauptfehler in seinem Charakter erscheinen, nicht der antiken Auffassung, welche im Vergleich zu jener überhaupt als eine vorwiegend verstandesmässige bezeichnet werden kann, wiewohl die Hellenen in Bezug auf eine verhältnissmässige Innerlichkeit des Geistes immer noch unendlich höher standen als die Römer, und die Athener wiederum viel höher als unter den übrigen Hellenen z. B. die Spartaner und Thebaner. Pentheus ist also keineswegs das, was wir einen Pedanten nennen, noch etwa ein Reactionär im gewöhnlichen Sinne des Worts, der wenigstens das von Alters her Bestehende, die überkommene Sitte achten und heilig halten würde; religiöser Ernst und sittliche Strenge zählen n i c h t zu seinen Eigenschaften: seinem ersten und letzten Vorwurf gegen den neuen Gott, dass derselbe die Frauen zur Lüderlichkeit verführe, liegt nicht sittliche Entrüstung zu Grunde, es ist ihm dies nichts als ein willkommener Vorwand, um scheinbar mit gutem Recht gegen den neuen Cultus einzuschreiten, und es ist sehr fein vom Dichter, dass er diesen Vorwurf durch Teiresias mit der einfachen Bemerkung zurückweisen lässt, Dionysos sei allerdings kein Keuschheitswächter, allein die Schuld liege nicht an ihm, wenn an seinen Festen die Gränze der Sittsamkeit von Frauen überschritten werde, sondern an der schon verdorbenen Natur dieser letzteren, mit andern Worten: dem R e i n e n i s t A l l e s r e i n! [11]) während dagegen später der Hirt, welcher dem Treiben der Schwärmenden zugesehen, dem König folgendermassen von denselben berichtet (683 ff.):

> Sie schliefen Alle, sanft in Schlummer aufgelöst,
> An Tannenzweige lehnend theils den Rücken, theils
> Auf Eichenlaub am Boden ruhend mit dem Haupt,
> In züchtiger Haltung, keineswegs wie du gesagt,
> Berauscht von Weinpokalen und Schalmeienklang
> Auf Buhlerei ausgehend in der Einsamkeit.

und dann (692 ff.):

> Sie warfen ab vom Augenlied den tiefen Schlaf
> Und sprangen auf, ein Wunder edler Sittsamkeit,
> Noch ledige Mägdlein, junge wie bejahrte Frau'n.

Pentheus thut, als ob er hievon nicht das Mindeste gehört hätte: der beste Beweis, dass er jene Anklage bloss vorgeschoben, um den wahren Grund seiner Handlungsweise, seinen Zorn gegen die ihm überlegene Macht des Gottes und seiner neuen Dienerinnen — denn eben jetzt, wo er von den Wunderthaten und der Unbesiegbarkeit der Mänaden gehört hat, kennt seine Wuth keine Grenzen mehr, und er lechzt nach ihrem Blut (796 f.) — zu verdecken; nicht zu gedenken der erschreckenden Lüsternheit, die er gleich darauf an den Tag legt, und die ihn alsbald so vollständig beherrscht, dass er, der stolze Herrscher, sich von dem vermeintlichen Bakchospriester willig in das Mänadencostüm stecken lässt um seine Begierde ja recht ungestört befriedigen zu können.

Der Grundzug in dem Charakter und der Sinnesart des Pentheus nach griechischer Auffassung ist die Hybris, schrankenloser Uebermuth und Selbtüberhebung, und die Frucht, welche ein solcher Boden mit unausbleiblicher Nothwendigkeit erzeugt und üppig gedeihen lässt: die Gottlosigkeit [12]. In Theben wohnt die Hybris, sagten die Böotier, und als ächter Thebaner zeigt sich der blutjunge [13] König Thebens gleich bei seinem ersten Auftreten: hochfahrend und renommistisch, höhnend und heftig zugleich ist seine Rede, masslos sind seine Drohungen; roh und brutal benimmt er sich gegen seinen Grossvater Kadmos und den Priester Teiresias; jeder Belehrung abhold hört er auf keine Gründe und Gegenvorstellungen, seine liebste Waffe ist die Gewalt, mit welcher er in seinem Dünkel Alles ausrichten zu können vermeint, trotz der väterlich wohlmeinenden Abmahnungen der beiden Greise, und selbst dann noch als er von ihrer Unzulänglichkeit und Nichtigkeit gegenüber der unsichtbaren, aber um so gewaltiger wirkenden Macht des Gottes in eigener Person die wunderbarsten Beweise erfahren hat [14].

Man spreche nicht von einem guten Recht oder auch nur von einer scheinbaren Berechtigung des Standpunktes, welchen dieser Held einnimmt. Wie es sich mit dem einzigen Vorwurf verhält, den er dem Bakchosdienst macht, und wie wenig ernst es ihm damit sein konnte, ist so eben gezeigt worden; was den weiteren Umstand betrifft, dass die zu verehrende Gottheit eine neue, nicht von Alters her überlieferte ist, so ist dies kein Grund sie nicht anzuerkennen, wofern anders sie sich als gut und wohlthätig und Segen spendend erweist und durch die herrlichsten Wunder ihr Wesen offenbart, wie dies ja bei Dionysos in hohem Grade der Fall ist, und Pentheus selbst ist klug genug, auf dessen Neuheit zwar spottend und wegwerfend hinzuweisen [15]), aber keineswegs dieselbe wirklich als Grund seines Unglaubens anzugeben oder vorzuschützen. Aber, wie so oft, ist auch hier der Spott schlimmer und beleidigender und verräth grössere Herzlosigkeit und Rohheit als unbegründeter Tadel, und Pentheus ist herzlos und roh im höchsten Grade. Nicht nur dass er für die Bedürfnisse Anderer und besonders des Volkes kein Herz hat und daher keinen Sinn und kein Verständniss für die grosse Wohlthat, die der gute Gott aller Welt schon allein durch die Schenkung des „Sorgenlösers" erwiesen *), verfährt er auch gegen seine Angehörigen, mit denen er doch durch die heiligsten Bande des Bluts verbunden ist, ohne irgend welche Pietät und Menschlichkeit. Kaum hat er von dem „neuen Unfug", wie er die Verehrung des Bakchos nennt, gehört, hat er auch schon, ohne irgend welche Ueberlegung oder Prüfung der ungewohnten Erscheinung, sein Machtgebot erschallen und auf die schwärmenden Thebanerfrauen Jagd machen lassen; unter ihnen ist seine eigene Mutter Agaue, und diese droht er nebst ihren Schwestern Ino und Autonoe in Ketten zu legen! Grob fährt er den Grossvater Kadmos an wegen seines gläubigen Beginnens, und dem Priester Teiresias wirft er vor, dass er den neuen Gott schnödem Gewinn zu Liebe einführen helfe. Der Bakchenführer, der auch eingefangen werden soll, ist ihm ohne Weiteres ein Gaukler und Schwindler, den er erst köpfen lassen, dann gar dem schmachvollsten Tode der Steinigung preisgeben will.

So zeigt sich Pentheus schon im ersten Epeisodion, um nicht zu sagen schon in seiner ersten Rede (215 ff.); und was er nachher thut ist nichts als die starrste Consequenz seines Wesens und Beginnens, mit dem einzigen Unterschiede dass er es statt mit Teiresias und Kadmos mit dem Bakchenführer (Dionysos) [16] selbst zu thun hat und diesen eben so sehr durch Hohn und Spott zu verletzen und zu kränken als mit Gewalt zu bändigen bemüht ist, bis er dann, gerade in dem Augenblicke, wo er die äusserste Massregel gegen die Mänaden auf dem Kithäron zu ergreifen entschlossen ist, wo er trotz dem Bericht des Boten, dass ihnen mit Waffengewalt nichts anzuhaben sei, und trotz der Warnung des Dionysos das Heer aufbietet und seine Rüstung herzubringen befiehlt (809), — von seinem Gegner überlistet und von der eigenen Lüsternheit bethört und verblendet unaufhaltsam dem Verderben entgegeneilt.

Des Königs Antwort auf des weisen Teiresias wohlwollende Belehrung über Dionysos (266 ff.) und auf des Kadmos Warnung (330 ff.), der ihm das Schicksal seines Verwandten Aktäon vorhält, welchen Artemis wegen seiner Ueberhebung so grausam bestraft hatte [17], besteht darin, dass er den Grossvater wüthend von sich stösst (343 ff.) und dann dem Teiresias seinen Seher- und Opferherd zerstören lässt (345 ff.): so verübt er schon jetzt eine Frevelthat, für welche die furchtbarste Strafe nicht ausbleiben kann.

Daher denn der würdige Priester sofort bange Besorgniss vor einem grossen Unheil äussert (367 ff.):

---

*) Siehe die in Note 7 angeführten Stellen, besonders die Worte, mit denen der Hirt seine Erzählung schliesst (769 ff.):

Darum, o Herr, nimm diesen Gott, wer er auch sei,
In unsre Stadt auf, denn er ist in Vielem gross,
Und wie der Ruf ihn feiert, den mein Ohr vernahm,
Gab er der Welt die Rebe, die den Kummer stillt.
Fehlt doch die Liebeslust da wo der Wein nicht ist,
Und jede Freude, die des Menschen Herz erquickt.

Dass dieser Leidrich deinem Haus, o Kadmos, nur
Kein Leid bereite! Nicht als Seher sag' ich dies,
Die Sache gibt's; denn gar zu Thöriges spricht der Thor [18]).

Der Chor aber beginnt darauf sein erstes Stasimon mit der Anrufung der Hosia, der Göttin der heiligen Scheu (370 ff.):

O vernimm, heilige Scheu,
Denn du schwebst goldenbeschwingt
Ob der Welt, göttlich und hehr —
O vernimm doch, wie der Fürst
In so unheiligem Zorn
Bromios zu trotzen wagt! [19])

In der ersten Gegenstrophe singt er (386 ff.):

Für ein zuchtloses Gemüth,
Einen zaumledigen Mund
Ist das End' bitteres Leid:
Doch ein friedseliges Thun
Und ein sittsames Gemüth,
Das besteht ruhig im Sturm
Fort, und sein Haus dauert: denn hoch über Gewölk
Thronend, vernimmt dennoch die Gott-
    heit, was der Mensch redet und thut.
Und das Hochweise ist Wahn
Und der unirdische Sinn.
Unser Dasein ist so kurz: wer
Nach zu Hochragendem strebt hier,
Der geniesst nicht, was ihm nah
Liegt. Das ist Tollheit, so bedünkt
Mich's, und verkehrt denkender Männer Weise.

Und in der zweiten Gegenstrophe (416 ff.):

Lustbarkeit und Gelag liebt
Zeus' Sohn, unsere Gottheit,
Hegt den göttlichen Frieden, wo
Segen quillt und die Jugend blüht.
Er gibt fröhlichen Labetrank
Ohne Wahl dem geringen Mann
Gleich dem Reichen zu kosten,
Hasst Jedweden, der es verschmäht,
Manchen Tag, manch selige Nacht
Frohen Sinns zu verleben,
Und klugen Verstands die Hoch-
Und Tiefdenker zu meiden.
Was gäng' und gäb' bei dem schlichteren Volk,
Das möcht' ich wohl stets als das Beste üben [20]).

Endlich lautet gleichsam wie eine Fortsetzung dieser Betrachtungen und Sprüche die Gegenstrophe des dritten Stasimon, wo der Chor des Pentheus Untergang schon mit Gewissheit voraussieht (882 ff.):

> Langsam, aber gewissen Schritts
> Naht göttlicher Allmacht
> Strafgericht, zu richten den Mann,
> Der da frevelen Sinn
> Hegt und nicht das Heilige ehrt,
> Gottlos, voll wahnwitzigen Uebermuths.
> Lange bergen die Götter ihr
> Nahen, klüglicher Weise,
> Und erhaschen den Sünder. Nein,
> Nie muss unser Verstand und Thun
> Stolz verschmäh'n den geltenden Brauch!
> Klein ist wahrlich das Opfer: wo
> Göttlich Walten sich kund
> Thut, und was die ewige Zeit
> Und die Natur als Brauch
> Geweiht, dessen Obmacht stets zu erkennen.

Wenn irgendwo so ist in diesen Chorgesängen klar und deutlich ausgesprochen, worin die Schuld des tragischen Helden besteht. Recht, Billigkeit und Sitte sind ihm fremd; es gilt ihm nichts als sein eigener Sinn und Wille, welchem die unumschränkte Macht des Herrschers zu Gebote steht, und diese hat ihn so verblendet, dass er kein menschliches noch göttliches Gesetz mehr achtet und das Heiligste mit Füssen tritt. Ein solcher Mensch ist kein Mensch mehr, sondern ein Ungeheuer und schlimmer als ein wildes Thier, und in diesem Sinne geschieht es, dass der Chor von des Pentheus Abstammung spricht und ihn den himmelstürmenden Giganten an die Seite stellt (538 ff.):

> Dass vom Erdboden er stammt
> Und dem Lindwurm, das beweist er,
> Dieser Pentheus, von Echion,
> Von dem Erdmenschen, gezeugt
> Als ein wildäugiges Scheusal,
> Als ein Unmensch und ein Blutthier,
> Gleich den Erdriesen ein Gottfeind! [21])

Ebenso ist es zu verstehen, wenn der Chor, als Pentheus nach dem Kithäron gezogen ist, voraussagt, seine Mutter werde ihn nicht erkennen; sie werde fragen (985 ff.): „Was für ein Kadmeer kommt daher ins Gebirge in raschem Lauf, ihr Bakchen?

> Wisst ihr, wer ihn gebar?
> Denn ein Weib ist es nicht, die dem Mutter war:
> Das ist Löwenbrut oder Gorgonenzucht
> Vom Strand Libya's!"

3

Es hätte dem Könige Thebens ein Leichtes sein können, in all den ungewohnten Erscheinungen die Offenbarung einer zwar neuen, aber wahrhaftigen Gottheit zu erkennen, und zwar nicht bloss in den Wundern, die theils vor seinen Augen geschahen, theils von einem Augenzeugen ihm berichtet wurden mit der zuversichtlichen Bemerkung (712 f.):

> Du würdest, hätt'st du das geseh'n, anbetend fromm
> Dem Gott gehuldigt haben, den du jetzo schmähst —,

sondern ebenso sehr und noch vielmehr in dem Umstande, welcher mehr als ein Wunder war: nämlich darin, dass beim Erscheinen der Bakchantinnen in Theben alsbald die ganze Stadt den neuen Weihedienst zu begehen eilte, die Einen wie von einer unsichtbaren Macht ergriffen und Agaue nebst ihren Schwestern gar gegen ihren Willen und trotz ihres Unglaubens, die Andern, wie Kadmos und Teiresias und gewissermassen dann auch der berichtende Rinderhirt, aus innerer Ueberzeugung; endlich auch darin, dass ausser Hellas schon die ganze übrige Welt dem Bakchos huldigte (482). Richtet doch Kadmos mit besonderer Beziehung auf das so allgemein sich kundgebende fromme Verlangen und Beginnen die Mahnung an den Enkel (331):

> Halt' es mit uns, schliess' dich nicht aus vom Volksgebrauch!

Aber wie sollte denn der eigenwillige, stolze, eingebildete König einem neuen Brauch sich fügen, er, der nicht einmal das bisher Uebliche achtet? Wie sollte er vor einem neuen Gott sich beugen können, er, dem selbst der seit alter Zeit bestehende Glaube nichts gilt? Es ist nicht zu verwundern, wenn Pentheus die neue Offenbarung nicht zu erkennen vermag und von einem Gotte Dionysos nichts wissen will, denn er glaubt eben an gar keine Götter, er hat, um einen Volksausdruck zu gebrauchen, keinen Gott im Herzen nicht, wie aus all seinem Thun und Lassen zur Genüge hervorgeht, und wie der Chor oft genug urtheilt. Ein Mensch, welcher wie Pentheus über Sitte und Herkommen, über alle und jede Satzung sich hinwegsetzt, welcher unbekümmert um Recht und Gerechtigkeit zur ersten und letzten Richtschnur für sein Dichten und Trachten den nackten Verstand und zur Triebfeder all seines Handelns die Selbstsucht macht, welcher ohne Scham und Scheu mit seinem Aberwitz antastet, was Andern, was der ganzen Menschheit heilig ist —, solch Einer kann weder an eine Gottheit glauben noch überhaupt Göttliches über sich erkennen: so urtheilte mit unserm Dichter jeder ächte Hellene, so urtheilt auch heutzutage noch mit einem Instinkt, welcher freilich bei der Art unserer modernen Bildung leichter verloren geht als zur bewussten Erkenntniss erhoben wird, das Volk.

Wie ganz anders als die gotteslästerlichen, des schlimmsten Sophisten nicht unwürdigen Reden des Pentheus lauten dagegen die Worte der beiden Greise, welche uns überhaupt und im schärfsten Gegensatze zu der Frivolität des jungen Mannes als die würdigsten Vertreter nicht einer blinden, aber wahrhaft gottergebenen und unerschütterlichen Glaubenstreue erscheinen! der einfach fromme Grundsatz des Kadmos (199):

> Ich sterblich Wesen beuge mich den Göttern gern,

und die durch lange Erfahrung bestärkte Ueberzeugung des weisen Teiresias (200 ff.):

Nichts ist's mit unsrer Weisheit vor den Himmlischen!
Was uns gelehrt die Väter, was geheiligt hat
Der Lauf der Mitwelt, kein Vernunftschluss stürzt es um,
Mag das System dem besten Kopf entsprungen sein [22]).

Endlich beziehen sich auf die jedem Menschen geziemende, Allen ohne Unterschied Noth thuende Demuth, gegenüber der Afterweisheit, welche in ihrer Selbstüberhebung alles Heilige und selbst die Götter wegraisonniren zu können vermeint, neben manchen schon angeführten auch folgende Worte des Chors (1002 ff.):

> Schmerzlos lebt, wer bescheidnen Sinn,
> Wie er dem Sterblichen ziemt,
> Nicht vorwitzig der Götter Reich durchstöbernden hegt.
> Hochweises begehr' ich nicht.
> Mich freut's zu erjagen
> Andres, was herrlich und klar ist immerdar,
> Auf Schönes gerichtet Tag und Nacht
> Unschuldig und fromm mein Leben zu wandeln,
> Und verbannend, was jenseits des Rechten gewähnt wird,
> Nur die Götter zu ehren.

Fällt schon die Schuld der Nichtanerkennung des Gottes für die Familie des Kadmos doppelt schwer in die Wagschale, weil Dionysos ihr naher Verwandter und Theben seine eigentliche Heimath ist, in die er jetzt, aus seiner zunächst unfreiwilligen Verbannung zurückgekehrt, will aufgenommen werden [23]), so hat Pentheus, der junge Freigeist, welcher seiner Verehrung geradezu feindlich entgegentritt und mit Gewalt sie zu verhindern entschlossen ist [24]), vollends kein Recht auf Gnade und Erbarmen von Seite des göttlichen Gegners. Zuerst richtet sich, wie wir gesehen, des Königs Zorn gegen seine Angehörigen und gegen Teiresias; dann, als er den Bakchenführer, den eigentlichen Priester und Vertreter des Gottes, in seiner Gewalt zu haben glaubt, gegen diesen. Umsonst wird dem Grimmigen Zeit und Gelegenheit genug gegeben, seine Ohnmacht sowohl wie sein Unrecht zu erkennen; umsonst ruft ihm der Fremdling, indem er sich willig fesseln und in's Gefängniss abführen lässt, warnend zu (516 ff.):

> Traun, für diese Schmach
> Wird Bromios dich strafen, den du leugnen willst:
> Ihn trifft die Unbill, da du mich in Bande schlägst.

Als er sieht, dass er seinem Gefangenen nichts anhaben kann, denkt er mit doppelter Wuth an die schwärmenden Thebanerfrauen, und scheut endlich nicht davor zurück, diese an der Spitze seines ganzen Heeres wie einen Landesfeind bekriegen zu wollen. Noch einmal ermahnt ihn der Langmüthige, dem Gotte lieber zu opfern als in solcher Leidenschaft „wider seinen Stachel zu löken"; auch dies ist umsonst, umsonst endlich die Versicherung, dass vor den Frauen sein ganzes Heer schimpflich würde fliehen müssen — der Wille des Verblendeten ist unbeugsam. Jetzt ist sein Tod beschlossen, Pentheus muss der Rache des Gottes fallen! [25])

Zu einem Blutbad zwischen den Kriegern und Frauen Thebens lässt es Dionysos nicht kommen; mit List lockt er seinen Feind, und der Gottlose lässt sich umgarnen, indem er die neue Schuld auf sich ladet, dass er die heiligen von den Frauen gefeierten Mysterien des Bakchos als Lauscher zu entweihen sich bereit zeigt [26]. Der Chor aber beginnt sein drittes Stasimon mit dem Jubel des Wonnegefühls, bald von dem schrecklichen Feinde befreit zu sein, und als der in eine Mänade vermummte, nunmehr wie ein Besessener sich geberdende König mit seinem Führer den Weg ins Gebirge angetreten hat, ruft er die strafende Gerechtigkeit auf den Frevler herab (viertes Stasimon, 992 ff.):

> Heran Vergeltung, Rache heran, mit dem Schwert in der Hand!
> Das Haupt schlag' ihm ab, ohn' Erbarmen,
> Dem gott- pflicht- und rechtlosen Echionskind,
> Der Erdbodenbrut!
> Der in unrechtem Sinn und zuchtlosem Grimm
> Zu des Bakchos geheimer Festfeier und
> Der Bergmutter schleicht,
> Der in heilloser Wuth und wahntrunkner Gier
> Den Unbezwungnen mit Gewalt zwingen will.

Und nochmals (1012 ff.):

> Heran Vergeltung, Rache heran, mit dem Schwert in der Hand!
> Das Haupt schlag' ihm ab, ohn' Erbarmen,
> Dem gott- pflicht- und rechtlosen Echionskind,
> Der Erdbodenbrut [27]).

Aber nicht ein Schwert, sondern die Hand seiner eigenen, blind rasenden, „von der Hunden der Wuth" (977 ff.) gehetzten Mutter Agaue sollte des Unseligen Haupt vom Rumpfe trennen, an derselben Stelle, wo einst der blut- und geistesverwandte Aktäon von seiner Meute zerrissen worden (1291. vgl. die oben berührte Stelle 337 ff.). Bald vernehmen die Zurückgebliebenen von dem Geschehenen die erschütternde Kunde (fünftes Epeisodion 1024 ff. durch einen Boten, welcher Pentheus und seinen Führer auf den Kithäron begleitet hatte.

> Vorsichtig schleichend, mit den Lippen jedes Wort
> Nur leise flüsternd, um zu sehen ungeseh'n —

erzählt derselbe —, waren sie in ein grünendes Hochthal gelangt, wo die Mänadenschaa sich gelagert hatte; auf den Wunsch des Königs, den ganzen Schwarm von oben herab über blicken zu können, bog sein Führer den Wipfel einer hohen Tanne nieder bis auf die Erde liess den Pentheus sich darauf setzen, und mit ihm ihn sachte wieder emporsteigen. Gleich darauf war der Fremdling verschwunden; aber durch die Lüfte erscholl jetzt eine Stimme:

> „Auf, ihr jungen Frau'n,
> Hier ist der Spötter, welcher euch und mich verlacht
> Und meine Weihen. Darum auf und straft ihn jetzt!"

Zugleich strahlt ein feuriger Glanz durch die Luft und überall wird es still; kein Blättchen regt sich. Die Frauen lauschen — noch einmal ertönt jene Stimme, und jetzt wird sie von ihnen als Bakchos' Stimme erkannt; in fliegendem Laufe eilen sie daher, sie werden den Späher gewahr auf dem himmelhohen Baum, und als es nicht gelingt ihn mit Steinen, mit dem Thyrsos und andern Geschossen herunterzuwerfen —

Da ruft Agaue: „Auf, im Kreis stellt euch umher,
Fasst an den Stamm, Mänaden, dass das Wild darauf
Uns nicht entrinne, dass es nicht verrathen kann
Des Gottes Reigendienst“. Und Hände tausendfach
1110 Erfassten, rissen aus dem Grund den Tannenbaum.
Hoch oben sitzend, hoch hernieder fliegend stürzt
Hinab zur Erde unter tausend Jammerruf
Pentheus: dem Unheil sieht er gar zu nahe sich.
Nun hebt als Priesterin den Mord die Mutter an,
1115 Sie stürzt sich auf ihn. Von der Stirne reisst er schnell
Die Binde, dass erkennend ihn Agaue nicht —
Die Arme — tödte, und er fleht die Wange ihr
Berührend: „Ich ja, Mutter, bin es, ich dein Kind
Pentheus, den du geboren in Echion's Haus.
1120 Erbarme dich, o liebe Mutter, morde nicht
Um meiner Sünde willen deinen eignen Sohn.“
Doch sie mit schaumumtrieftem Munde, wild verkehrt
Die Augen rollend, sinnend nicht was Sinnes Pflicht,
Besessen vom Verzückungsgott — sie hörte nicht!
1125 Mit ihren Händen packt sie seinen linken Arm,
Stemmt in des Unglückseligen Seite fest den Fuss,
Und reisst den Arm aus, nicht ein Werk der Leibeskraft,
Es gab die Gottheit ihrer Hand so leichtes Spiel.
Und schon hat Ino auf der Rechten ihn erfasst,
1130 Zerfleischt, zerreisst ihn. Auf ihn stürzt Autonoe,
Der ganze Bakchenschwarm; ein Schrei'n erfüllt die Luft:
Sein Wehelaut, so lang ihm noch das Leben blieb,
Ihr Hallalahruf. Einen Arm erbeutet Die,
Ein Bein mit sammt dem Schuh die Andre; fleischentblösst
1135 Von ihren Rissen sind die Rippen; Jegliche
Mit blut'ger Hand fortschleudert sie von Pentheus' Fleisch.
So liegt zerstreut sein Leichnam, dort am rauhen Fels
Ein Glied, ein andres im Gelaub des hohen Walds,
Kein leichtes Finden. Aber sein unselig Haupt,
1140 Das in der Mutter Hände fiel, hat sie gesteckt
Auf ihren Thyrsosstab, als eines Berglöw'n Kopf,
Und trägt es mitten durch's Gebirg Kithäron hin,
Die Schwestern lassend in der Mänaden wildem Chor.
Sie zieht, sich brüstend mit dem unheilvollen Fang,
1145 In dieser Mauern Räume, ruft den Bakchos an,
Den Jagdgenossen, welcher Sieg verleihend ihr
Bei diesem Raub half, der zum Lohn ihr Thränen bringt.
Ich weiche diesem Jammeranblick aus und geh'
Von dannen, eh' Agaue noch dem Hause naht.

1150 Bescheidenheit und fromme Scheu vor Heiligem
Ist wohl das schönste, sicher auch das weiseste
Der Güter, die ein Sterblicher besitzen kann [28]).

Auch wir wollen die grausenhafte, nach einem kurzen Preisgesang des Chors auf den siegreichen Bakchos folgende Scene meiden, wo die Mutter Agaue noch in Mänadenstimmung frohlockend mit dem Haupt des erlegten Löwen erscheint und nach dem Sohne Pentheus ruft, um die Jagdbeute hoch am Palast befestigt zur Schau zu stellen, bis dann ihr Vater die zerrissenen Glieder des Unglücklichen bringt, und ihr endlich die Schuppen von den Augen fallen, sie des eigenen Sohnes Haupt in ihren Händen erkennt!

So büsste der Götterfeind Pentheus dafür, dass er den Dionysos verhöhnt und wider ihn gestritten, so büsste die ganze thebanische Königsfamilie, dass sie seine Gottheit geleugnet hatte. Es ist wahr, die Strafe ist furchtbar, schrecklich, entsetzlich. Allein ungerecht dürfen wir sie nicht nennen, ebenso wenig als die davon Betroffenen in ihrem herzzerreissenden Elend es thun (vgl. 1344. 1346); selbst der ganz unschuldige Kadmos lässt nicht den leisesten Vorwurf gegen Dionysos laut werden, und doch ist er um seine männliche Nachkommenschaft, um die Stütze seines Stammes, um die Hoffnung und den Trost seines Alters gebracht. Der fromme Greis erkennt wohl, dass die Schuld des Königs Unheil über sein ganzes Haus bringen musste (1302 ff.), und auf den zusammengetragenen Leichnam des Zerrissenen hinweisend ruft er aus (1325 f.):

Wenn irgend wer sich über Götter noch erhebt,
Der sehe her auf Pentheus' Tod und sei bekehrt! [29])

Die Klagen des Kadmos und seiner Tochter um den Sohn und Enkel, und eine Ansprache des Dionysos, welcher nunmehr in seiner göttlichen Erscheinung und Gestalt über dem Palast erscheinend sich zu erkennen gibt, bilden den Schluss des Ganzen [30]).

II.

Anmerkungen und Excurse.

[1]) **Die Grundlage des Textes** der Bakchen bilden bekanntlich zwei gleich sehr verdorbene Handschriften des 14. Jahrhunderts, von denen überdies die eine (C = cod. Florentinus XXXII. 2) bloss bis incl. v. 755 reicht; was Nauck (præf. p. XL) von der andern (B = cod. Palatinus 287) bemerkt: prae altero fide dignus est, erlaube ich mir in Bezug auf das vorliegende Stück wenigstens zu bezweifeln. Von äusserst geringem Belang für die Emendation ist der längere Zeit fälschlich dem heiligen Gregorius von Nazyanz zugeschriebene Cento Χριστὸς πάσχων, dessen Verfasser der Text der Bakchen kaum in einem besseren Zustande vorgelegen hat als wir ihn besitzen. Bessere Handschriften hat wahrscheinlich Stobäus benutzt. Auf eine Kritik des Textes im Einzelnen einzugehen ist hier nicht der Ort; ich will nur wiederholen, was schon in der Einleitung (S. 2) gesagt worden, nämlich dass ich (mit Dindorf) die rationalisirende Mythendeutung v. 286—297 (Zählung stets nach Nauck) für interpolirt halte und daher gänzlich ausser Acht lasse, ausserdem aber auch v. 242—245, 284 f., 300 f. (nach dem Vorgange Hartungs), 302 — 305, 316, 333 — 336 und einige andere Stellen, die jedoch für die Deutung des Ganzen von keinem Belang sind. Den Nachweis dieser Fälschungen zu leisten muss ich mir vorbehalten.

Was dann den **Titel** anbelangt, so wird sich kaum ermitteln lassen, welche der beiden Ueberlieferungen die ächte ist. Πενθεύς heisst das Stück in cod. C und den aus diesem stammenden Handschriften, ferner in einigen Citaten des Stobäus; Βάκχαι dagegen in cod. B., in der beim Schol. zu Arist. Fröschen v. 67 erhaltenen Didaskalie, in weiterer Citaten des Stobäus und sonst überall, wo es von den Alten erwähnt wird. Einen Doppeltitel Πενθεύς ἢ Βάκχαι nach Analogie vieler sophokleischer Dramen hatte das Stück schwerlich, und hat schon Elmsley mit Recht daran gezweifelt, da es ein sicheres Beispiel solch zwiefacher Betitelung euripideischer Stücke nicht gibt: die Identität von Κρῆσσαι und Θυέστης ist eine Vermuthung Valckenär's, diejenige von Τημενίδαι und Τήμενος (Welcker u. A.) wird von Nauck (Tr. Gr. frgg. p. 465) in Abrede gestellt. Die Didaskalie ist allerdings ein gewichtiges äusseres Zeugniss für das Alter der Bezeichnung Βάκχαι, doch scheint mir die Benennung Πενθεύς insofern grössern Anspruch auf Aechtheit zu haben, als Euripides nur dann nach dem Chor betitelt zu haben scheint, wenn derselbe für die Handlung des Dramas von erster Bedeutung, wie bei den Herakliden und den Schutzflehenden, oder wenn die Hauptrolle an mehrere Personen gleichmässig vertheilt war, wie dies bei den Troerinnen und den Phönissen der Fall. Nun ist in den Bakchen der Chor für die Handlung selbst von geringer Bedeutung, dagegen **Pentheus** ganz eigentlich die tragische Hauptperson, die denn auch als solche für das spätere Alterthum gewissermassen typisch geworden ist. Die gewöhnlichere Bezeichnung *Βάκχαι* kann schon sehr früh in Gebrauch gekommen sein, vielleicht durch einen Grammatiker, um eine Verwechslung mit dem *Πενθεύς* des Aeschylos zu vermeiden und zur Bequemlichkeit bei Citaten; es könnte auch der Umstand dazu beigetragen haben, dass eine Tragödie desselben Inhalts von Iophon *Βάκχαι ἢ Πενθεύς* hiess — der Doppeltitel ist bezeugt von Suidas s. v. Ἰοφῶν — und, was wichtiger ist, euripideische Färbung hatte, wie sich aus dem einzigen erhaltenen Fragmente (Nauck S. 590 f., zu vergleichen mit Eur. Bakch. v. 200 — 203) wohl schliessen lässt. Der Vervollständigung des Materials wegen sei noch daran erinnert, dass Servius (zu Aen. IV, 469) eine Tragödie „Pentheus“ des Pacuvius anführt, von deren muthmasslichem Verhältniss zu dem euripideischen Stück noch die Rede sein wird; die „Bakchen“ des Attius aber scheinen eine blosse Uebersetzung desselben gewesen zu sein (vgl. O. Jahn, Pentheus und die Mainaden, Kiel 1841. S. 6. Note 12). Gar zu einfältig endlich war die Fälschung des aristophanischen Arguments von Barnes: *τὸ ὄνομα μόνον μετα. πεποίηται Εὐριπίδῃ*, und ebenso wenig thut zur Sache die Bemerkung des Victorius (zu Arist. Rhet. 2, 23, 29): apud Euripidem etiam in Pentheo, quae falso in excusis inscribitur Bacchae etc., nachdem man weiss, dass derselbe das Stück aus cod. C. kannte (s. Dind. Annott. ad Eurip. S. 687).

Füglich unberücksichtigt darf vorderhand die Frage bleiben, in welcher Gestalt der Mythos von Dionysos und Pentheus dem Dichter vorgelegen habe, ob und wie dieser von der gewöhnlichen Ueberlieferung abgewichen, inwiefern er seinem Vorgänger Aeschylos gefolgt sei. Veranlasst zumeist durch die Notiz im Argument des Aristophanes: *ἡ μυθοποιία κεῖται παρ᾽ Αἰσχύλῳ ἐν Πενθεῖ*, hat W e l c k e r das Verhältniss der euripideischen Dichtung zu einer Trilogie Pentheus des Aeschylos zu ergründen versucht in der Aeschyl. Trilogie Prom. S. 329 ff., und O. Jahn a. O. S. 6 bemerkt, es sei „durchaus wahrscheinlich, dass wir in den Bakchen des Euripides ein wenn gleich schwaches Abbild der Aeschylischen Trilogie haben, dass dieser sich im Wesentlichen dem Aeschylos anschloss.“ Letzteres erscheint sehr zweifelhaft bei der Selbständigkeit, mit welcher Euripides seinen Stoff anerkanntermassen stets behandelt hat, vollends unwahrscheinlich aber bei dem ausgesprochenen g e g e n - s ä t z l i c h e n Verhalten desselben zu seinem Vorgänger Aeschylos; vgl. über diesen letzteren Punkt H a r t u n g im Philologus Bd. II. 1847. S. 498.

²) Vorlesungen über dramat. Kunst und Literatur, Heidelb. 1817. Thl. I. S. 256 f.

³) G. H. M e y e r, de Eurip. Bacchabus, Göttingerdissert. v. J. 1833. S. 29: Summam igitur tragoediae dixerim hanc: Pentheus, impio fervore Bacchi cultum Thebis propellere machinatus misera insania et exitio, Cadmeides, dei religione proterve neglecta, Penthei caede per ipsarum furorem patrata poenas luunt, documentoque sunt, *impia mortalium consilia et facta deorumque contemtionem serius ocius ipsis verti in perniciem*. Letzteres ist den Worten des Chors entnommen (882 ff.):

> ὁρμᾶται μόλις, ἀλλ᾽ ὅμως
> πιστὸν τό γε θεῖον
> σθένος· κτλ (s. oben S. 17).

E. W. Silber, de Eurip. Bacchis, Berlinerdissert. v. J. 1837. S. 41: Itaque haec est sententia: *Cupiditates humanae naturae insitae sunt et voluptati in vita humana suum ius concedendum est. Cui si quis se opponit, in perniciem incurrit.* Dass diese Lehre sich ganz von selbst schon aus dem Mythos ergebe, wie Silber hinzufügt, ist zu viel gesagt; allein hineintragen lässt sie sich allerdings ohne ein Zwang ebenso wohl in den Mythos als in die euripideische Behandlung desselben: Beweises genug, dass eben diese letztere damit keineswegs erklärt ist. Es liesse sich mit demselben Recht noch gar mancher artige Satz aus dem Inhalte der Bakchen ziehen oder darauf anwenden, so z. B.: Keiner ist ein Prophet in seinem Vaterlande — mit Bezug auf die schlechte Aufnahme, welche Dionysos gerade in seiner Heimat Theben findet; oder: Wen der Himmel verderben will, den schlägt er mit Blindheit — wenn wir nämlich vorzugsweise an die arge Verblendung des Pentheus denken; oder wieder in anderer Beziehung, aber auch wiederum mit ebenso viel Berechtigung: Volksstimme ist Gottesstimme; u. s. f. Dergleichen allgemeine Sätze oder „Ideen" finden sich in jeder Dichtung von einigem Umfange direct oder indirect in Menge ausgesprochen, sie können also schon deshalb zum Verständniss und zur Beurtheilung einer solchen nicht im Entferntesten ausreichen.

Wie misslich und unstatthaft überhaupt die immer noch so beliebte Manier ist, in antiken und modernen Dichtungen so „einen Grundgedanken, als Quintessenz, aufzusuchen, den der Dichter habe ausprägen und veranschaulichen wollen", hat in beherzigenswerther Weise Hartung gezeigt in seiner Einleitung zur sophokl. Antigone S. 5 ff.; in ähnlicher Weise spricht sich über das Suchen nach solchen „Grundideen" unser Shakspearekenner Professor C. Hebler aus (Aufsätze über Shakspeare, Bern 1865. Vorrede S. V): „Auch der Aesthetiker darf nie meinen, mit der Zurückführung eines solchen Werkes auf eine allgemeine Idee (Begriff oder Lehre) den Kern desselben herauszuschälen. Kunst (wie Natur) ist weder Kern noch Schale, Alles ist sie mit Einem Male, nur Philister begnügen sich mit — dem Kerne."

4) Die Abhandlung von Fr. Jacobs (in den Nachträgen zu Sulzer's Theorie der schönen Künste Bd. V. 2. 1796. S. 335—422) über Euripides, in welcher auch von den Bakchen die Rede, ist mir nur aus einigen Citaten bei oben genanntem Meyer und bei Bernhardy (Hall. Encyklopädie: Euripides) bekannt; auf einen höchst beschränkten Werth derselben schliesse ich u. a. aus folgenden Worten ihres Verfassers (S. 364): „Um das Genie unseres Dichters nicht unbillig zu schätzen, muss man einzelne Scenen beurtheilen. In dieser Absonderung sind sie grösstentheils, in der einen oder der anderen Rücksicht, musterhaft; in Beziehung auf den Zweck des Ganzen können sie oft getadelt werden." Wenn nur eben dies Letztere auch bewiesen wäre! Nebenbei gesagt trägt mit wenigen Ausnahmen fast sämmtliche euripideische Literatur, wo sie sich auf das Gebiet der Aesthetik begibt und über die dramatische Kunst des Dichters sich auslässt, den Stempel dieser wohlfeilen Art von Kritik, welche an Göthe's Ausspruch erinnert: „Wenig Deutsche und vielleicht nur wenige Menschen aller neuern Nationen haben Gefühl für ein ästhetisches Ganzes; sie loben und tadeln nur stellenweise, sie entzücken sich nur stellenweise."

5) Einleitung S. 11 heisst es in der diesem Gelehrten eigenen, den feineren Herren Philologen nicht immer mundenden Ausdrucksweise: „... das erste und einfachste Mittel

4

bietet, wie Homer so höchst naiv bemerkt, die Natur in dem Bedürfnisse des Schlafes, des Essens und des Trinkens. Einmal verlangt der Körper dennoch nach Trank und Speise, und wenigstens so lange man diese zu sich nimmt, muss man den Thränen Einhalt thun; das erfuhr Niobe, die der Schmerz zum Stein verwandelt hat. Nicht mehr und nicht weniger, als dieses, will auch unser Dichter in den Versen 277—283 sagen. Es handelt sich nicht um ein Wegschwemmen des Grams durch den Trunk, nicht um eine Lustigkeit des Bauches statt der Fröhlichkeit des Herzens: man muss überhaupt bedenken, dass die Alten dasjenige, was wir einen Rausch nennen, nur an ihren Sclaven oder an sclavenähnlichen Mitbürgern kannten und verabscheuten, und dass sie unter dem Wort Rausch bloss die mässige Erregtheit verstanden, die man selbst bei achtbaren Männern liebenswürdig finden kann. Ohne Genuss von Speise und Trank gibt es keine Fröhlichkeit. Das wird von uns thatsächlich allgemein anerkannt: denn unsere Zweckessen kommen nicht minder häufig vor und sind nicht minder grossartig, als die Opfermahle der Alten, nur dass wir uns allein, d. h. unserem Magen, alles opfern, die Alten aber noch die Götter dazu einluden. Indess würden sich die meisten scheuen, diesen Satz so kahl und bloss als wahr hinzustellen: die nämlichen werden es unserm Dichter auch verdenken, dass er das Wesen der Gottheiten nicht tiefer und höher zu fassen vermocht und in der Rhea-Demeter eben nichts als das Essen, im Dionysos nichts als das Getränke gefunden habe.« Im Sinne dieser letzteren Worte ist auch die ganze Darstellung im Eurip. restit. gehalten.

6) Die Götter Griechenlands, erste Ausgabe.

7) Die Hauptstellen sind folgende:

279 — 283 Teiresias:

(ὁ Σεμέλης γόνος)
βότρυος ὑγρὸν πῶμ' εὗρε κεἰσηγήσατο
θνητοῖς, ὃ παύει τοὺς ταλαιπώρους βροτοὺς
λύπης, ὅταν πλησθῶσιν ἀμπέλου ῥοῆς,
ὕπνον τε, λήθην τῶν καθ' ἡμέραν κακῶν,
δίδωσιν, οὐδ' ἔστ' ἄλλο φάρμακον πόνων.

298 f. derselbe:

μάντις δ' ὁ δαίμων ὅδε· τὸ γὰρ βακχεύσιμον
καὶ τὸ μανιῶδες μαντικὴν πολλὴν ἔχει.

416 ff. der Chor:

ὁ δαίμων ὁ Διὸς παῖς
χαίρει μὲν θαλίαισιν,

φιλεῖ δ᾽ ὀλβοδότειραν Εἰ
ρήναν, κουροτρόφον θεάν.
ἴσα δ᾽ εἴς τε τὸν ὄλβιον
τόν τε χείρονα δῶκ᾽ ἔχειν
οἴνου τέρψιν ἄλυπον.

769 — 774 der erste Bote:

τὸν δαίμον᾽ οὖν τόνδ᾽ ὅστις ἐστ᾽, ὦ δέσποτα,
δέχου πόλει τῆδ᾽, ὡς τά τ᾽ ἄλλ᾽ ἐστὶν μέγας,
κἀκεῖνό φασιν αὐτόν, ὡς ἐγὼ κλύω,
τὴν παυσίλυπον ἄμπελον δοῦναι βροτοῖς.
οἴνου δὲ μηκέτ᾽ ὄντος οὐκ ἔστιν Κύπρις
οὐδ᾽ ἄλλο τερπνὸν οὐδὲν ἀνθρώποις ἔτι.

Vgl. noch 321. 378 ff. und die beiden Botenberichte.

8) S. Eurip. restit. bes. S. 546; Einleitung S. 12. Vgl. im Philologus Bd. II. 1847. S. 501.

9) Vgl. bes. die Verse 420 ff. (oben S. 16 und S. 26 f. Vgl. Note 20.) — Ueber die erwähnte religiöse Reaction vgl. Roscher, Leben u. s. w. des Thukyd. Kap. 7. § 1. S. 215 ff. und Kap. 14. § 5. Gerade dieser Umstand, dass die religiöse Reaction mit der politischen Hand in Hand ging, ja von Vielen als blosses Mittel zu dieser benutzt wurde, und zwar nicht bloss bei dem Hermenfrevel und der Mysterienentweihung (diese Auffassung des berüchtigten Skandals ist jetzt wohl allgemein) — dieser Umstand allein schon hätte Herrn Roscher abhalten sollen, den Dichter der Bakchen selbst als „vom Strome des reactionären Geistes ergriffen" anzusehen und darzustellen (a. O. u. S. 273 Anm. 3).

10) F. G. Schöne (Einleit. zu d. Bakch. S. 24) bemerkt nicht unrichtig, dass „das Spiel des Pentheus ohne ein entschiedenes höheres Pathos, ohne die Kraft einer tiefern Idee, welche zu vertreten er sich bewusst zeigte, nur von der Leidenschaft der masslosen Eifersucht und des verblendeten Herrscherübermuths getragen" scheine, meint aber dies als „eine bedeutende Schwäche" tadeln zu müssen, die der tragischen Hauptrolle anhafte. Aehnlich lautet die Krittelei Bernhardy's (Grundriss d. gr. Lit. II. 2. S. 425): „Pentheus ist schwächlich und fällt, indem er in eine kleinliche Figur zusammenschrumpft, selbst seinem guten Recht (?) zum Trotz einen Feind der Götter spielt, ohne Würde"; wie denn schon Jacobs (a. O. S. 389), wenn ich nicht irre mit besonderer Beziehung auf die Bakchen, gemeint hat: „Die Wahrheit des gewöhnlichen Lebens galt Euripides höher als die Schönheit einer Idee." Dergleichen Tadel kann dem Dichter nur zum höchsten Lobe gereichen, dessen Zweck eben der war, den Pentheus als einen Mann ohne höheres Pathos und ohne eine tiefere Idee erscheinen, darum auch ohne Würde fallen zu lassen.

11) Dies ist jedenfalls der Sinn der vielfach missverstandenen Verse 314 ff., deren Text und Zusammenhang folgendermassen herzustellen ist:

οὐ Διόνυσος μὴ σωφρονεῖν ἀναγκάσει
315 γυναῖκας εἰς τὴν Κύπριν, ἀλλ᾿ εἰς τὴν φύσιν
317 τούτων σκοπεῖν χρή· καὶ γὰρ ἐν βακχεύμασιν
οὖσ᾿ ἥ γε σώφρων οὐ διαφθαρήσεται.

Ganz analog ist, was Dionysos selbst in seinem Verhör dem Pentheus auf dergleichen Vor-
würfe antwortet (485 ff.):

ΠΕ. τὰ δ᾿ ἱερὰ νύκτωρ ἢ μεθ᾿ ἡμέραν τελεῖς;
ΔΙ. νύκτωρ τὰ πολλὰ σεμνότητ᾿ ἔχει σκότος.
ΠΕ. τοῦτ᾿ εἰς γυναῖκας δόλιόν ἐστι καὶ σαθρόν.
ΔΙ. κἀν ἡμέρᾳ τό γ᾿ αἰσχρὸν ἐξεύροι τις ἄν.

12) Was Alles die Griechen im Verlauf der Zeit und in den verschiedenen Lebenslagen
als „Hybris" bezeichneten, ist im Wesentlichen dargethan in der so betitelten und ebenso schwung-
voll gehaltenen als kurz und bündig gefassten Rede von O. Ribbeck (Kiel, 6. Juli 1864),
welche wohl ein werthvoller Beitrag zu einer griechischen Culturgeschichte zu nennen ist. —
Die Hybris ist so sehr die Quelle und die Wurzel aller Gottlosigkeit, dass sie fast für
identisch mit dieser angesehen werden kann, denn jede Selbstüberhebung, ja schon das
blosse Prahlen (vgl. G. Dronke, die religiösen und sittlichen Vorstellungen des Aeschylos
S. 42. — Euripides denkt hierüber mindestens ebenso streng) ist eine Ueberhebung nicht
etwa bloss gegen den Nächsten, sondern gegen die Gottheit. Die deutsche Sprache hat kein
Wort, das dem griechischen ὕβρις vollständig entspräche, also fehlt uns wohl auch der ent-
sprechende Begriff. Es ist vielleicht etwas — aber nicht viel — zu viel gesagt, wenn ich
ihn so zu erklären suche: der ὕβρις macht sich Jeder schuldig, der das μηδὲν
ἄγαν oder μὴ λίαν, dies „letzte Wort der griechischen Ethik überhaupt", wie Steinthal (Zeitschr. für Völkerpsych. Bd. II. 1861, S. 303) es treffend bezeichnet, nicht achtet
und nicht im Herzen trägt. Jedes Ueberschreiten des rechten Masses in
Gesinnung, Rede und That ist Hybris. Näher auf diesen Gegenstand einzugehen
ist hier nicht der Ort; ich erinnere nur noch an die Vorstellung vom Neide der Götter,
welche in der nämlichen Grundanschauung und Grundstimmung ihre Wurzel hat. Aber es
ist ewig schön, dass wir an demjenigen Volke, welches des Leben zu geniessen, zu scherzen
und zu jubeln, welches das Schöne zu verehren und zu pflegen verstand wie kein anderes
— dass wir an diesem Volke ein noch Schöneres bewundern können, nämlich Masshalten
und Bescheidenheit.

13) Νεανίαν nennt ihn Dionysos 974, und Agaue sagt sein abgerissenes Haupt in ihrer
Hand haltend (1185 ff):

νέος ὁ μόσχος ἄρ-
τι γένυν ὑπὸ κόρυθ᾿ ἁπαλότριχα
κατάκομον θάλλει.

Von dem Costüm und der sonstigen äusseren Erscheinung sämmtlicher Personen des Stückes, namentlich des Dionysos, hat sehr ausführlich gehandelt F. G. Schöne in seiner Commentatio de personarum in Euripidis Bacchabus habitu scenico (Lips. 1831), wovon ein kurzes Résumé in der Einleitung zu seiner Ausgabe der Bakchen; vgl. Welcker in der Aeschyl. Tril. S. 321 u. bes. im Nachtrag zur Aesch. Tril. S. 107 ff. Ueber das Costüm des Pentheus möge hier eine Vermuthung aufzustellen mir gestattet sein. Schöne meint nämlich — es ist dies auch blosse Vermuthung —, Pentheus sei anfänglich im vollen Herrscherornat und mit Diadem und Scepter aufgetreten (... primum Pentheus ut vir tyrannus in scenam inductus cum tunica variegata, pallio amictus purpureo, regia fascia redimitus et sceptrum denique manu tenens etc. S. 45 f.). Ich möchte dagegen fast glauben, er sei in Reisekleidern erschienen. Er ist so eben von einer Reise zurückgekehrt, wie er selbst sagt (215), weshalb auch Schönborn (Die Skene der Hellenen S. 166 ff.) wohl mit Recht ihn durch die linke Seitenthür eintreten lässt. Lange kann er noch nicht zurück sein, denn was er von dem neuen Ereigniss weiss, das hat er Alles nur vom Hörensagen ($\varkappa\lambda\acute{v}\omega$ $\delta\grave{\epsilon}$ $\nu\epsilon o\chi\mu\grave{\alpha}$ $\tau\acute{\eta}\nu\delta'$ $\grave{\alpha}\nu\grave{\alpha}$ $\pi\tau\acute{o}\lambda\iota\nu$ $\varkappa\alpha\varkappa\acute{\alpha}$ 216, $\lambda\acute{\epsilon}\gamma o\upsilon\sigma\iota$ δ' $\dot{\omega}\varsigma$ $\tau\iota\varsigma$ $\epsilon\dot{\iota}\sigma\epsilon\lambda\acute{\eta}\lambda\upsilon\vartheta\epsilon$ $\xi\acute{\epsilon}\nu o\varsigma$ 233). Dagegen streitet die Bemerkung nicht, er habe schon einige Weiber eingefangen (226 f.); er hat bloss den Befehl dazu gegeben und dieser ist so weit es ging sofort vollzogen worden, diejenigen aber, um die es ihm am meisten zu thun ist, nämlich die drei Kadmostöchter, sind noch frei. Von dem Anblick der beiden festlich costümirten Alten, die er in seinem Eifer erst bemerkt, nachdem er schon lange neben ihnen gestanden hat, ist er so übernommen, dass er fast nicht weiss was er sagen soll (248); offenbar hat er einen solchen Mummenschanz noch an Niemanden gesehen. Es ist jedenfalls eine feine Erfindung des Euripides, dass Theben von Dionysos während der Abwesenheit des Königs heimgesucht wird, und dass dieser nun nach seiner Aukunft bei den ersten Nachrichten von dem grossen Wunder gleich wie ein Wüthender dreinfährt, ohne irgendwie die Sache zu prüfen: daran können wir den Charakter des Mannes sofort erkennen. Trug Pentheus bei seinem ersten Auftreten ein Reisekleid, ich meine ein einfacheres Costüm, da ja immerhin des Königs würdig sein konnte, so mochte seine nachherige Erscheinung als Mänade (915) ohne dem tragischen Ernst zu schaden auf einen Augenblick einen gewissen komischen Eindruck hervorbringen; geschah aber diese Vermummung mit dem gekrönten und sceptertragenden, in Gold und Purpur gekleideten Herrscher, so weiss ich nicht, ob der Eindruck einer solchen Verwandlung nicht vielmehr ein höchst lächerlicher hätte sein müssen.

14) In einem Fragmente des Dikäarchos heisst es von dem Charakter der Thebaner im Allgemeinen: sie seien $\vartheta\varrho\alpha\sigma\epsilon\tilde{\iota}\varsigma$ $\varkappa\alpha\grave{\iota}$ $\dot{\upsilon}\beta\varrho\iota\sigma\tau\alpha\grave{\iota}$ $\varkappa\alpha\grave{\iota}$ $\dot{\upsilon}\pi\epsilon\varrho\acute{\eta}\varphi\alpha\nu o\iota$, $\pi\lambda\tilde{\eta}\varkappa\tau\alpha\acute{\iota}$ $\tau\epsilon$ $\varkappa\alpha\grave{\iota}$ $\dot{\alpha}\delta\iota\acute{\alpha}\varphi o\varrho o\iota$ $\pi\varrho\grave{o}\varsigma$ $\pi\acute{\alpha}\nu\tau\alpha$ $\xi\acute{\epsilon}\nu o\nu$ $\varkappa\alpha\grave{\iota}$ $\delta\eta\mu\acute{o}\tau\eta\nu$ $\varkappa\alpha\grave{\iota}$ $\varkappa\alpha\tau\alpha\nu\omega\tau\iota\sigma\tau\alpha\grave{\iota}$ $\pi\alpha\nu\tau\grave{o}\varsigma$ $\delta\iota\varkappa\alpha\acute{\iota}o\upsilon$· $\pi\varrho\grave{o}\varsigma$ $\tau\grave{\alpha}$ $\dot{\alpha}\mu\varphi\iota\sigma\beta\eta\tau o\acute{\upsilon}\mu\epsilon\nu\alpha$ $\tau\tilde{\omega}\nu$ $\sigma\upsilon\nu\alpha\lambda$-$\lambda\alpha\gamma\mu\acute{\alpha}\tau\omega\nu$ $o\dot{\upsilon}$ $\lambda\acute{o}\gamma\omega$ $\sigma\upsilon\nu\iota\sigma\tau\acute{\alpha}\mu\epsilon\nu o\iota$, $\tau\grave{\eta}\nu$ δ' $\dot{\epsilon}\varkappa$ $\tau o\tilde{\upsilon}$ $\vartheta\varrho\acute{\alpha}\sigma o\upsilon\varsigma$ $\varkappa\alpha\grave{\iota}$ $\tau\tilde{\omega}\nu$ $\chi\epsilon\iota\varrho\tilde{\omega}\nu$ $\pi\varrho o\sigma\acute{\alpha}\gamma o\nu\tau\epsilon\varsigma$ $\beta\acute{\iota}\alpha\nu$, $\tau\acute{\alpha}$ $\tau\epsilon$ $\dot{\epsilon}\nu$ $\tau o\tilde{\iota}\varsigma$ $\gamma\upsilon\mu\nu\iota\varkappa o\tilde{\iota}\varsigma$ $\dot{\alpha}\gamma\tilde{\omega}\sigma\iota$ $\gamma\iota\nu\acute{o}\mu\epsilon\nu\alpha$ $\pi\varrho\grave{o}\varsigma$ $\alpha\dot{\upsilon}\tau o\grave{\upsilon}\varsigma$ $\tau o\tilde{\iota}\varsigma$ $\dot{\alpha}\vartheta\lambda\eta\tau\alpha\tilde{\iota}\varsigma$ $\beta\acute{\iota}\alpha\iota\alpha$ $\epsilon\dot{\iota}\varsigma$ $\tau\grave{\eta}\nu$ $\delta\iota\varkappa\alpha\iota o\lambda o\gamma\acute{\iota}\alpha\nu$ $\mu\epsilon\tau\alpha\varphi\acute{\epsilon}$-$\varrho o\nu\tau\epsilon\varsigma$ (bei C. Müller Frgg. Hist. Graec. Bd. II. S. 258, 14 f.). Passt dies nicht fast Wort für Wort so gut auf den euripideischen Pentheus, dass man sich zu dem Glauben könnte verleiten lassen, der Schüler des Aristoteles habe denselben für seine Schilderung thebanischen Wesens zum Muster genommen? Ich habe aber diese Stelle angeführt und mache auf die merkwürdige Uebereinstimmung der Charakteristik des späteren Historikers mit derjenigen

unseres Dramatikers aufmerksam deshalb, um an einem unter vielen Beispielen zu zeigen, wie vortrefflich Euripides es verstanden hat, seine Personen, nicht nur unbeschadet ihrer bestimmteren Individualisirung sondern in bester Uebereinstimmung mit derselben, in den allgemeinen Umrissen nach dem Gesammtcharakter ihres Volkes oder Stammes zu zeichnen, in gewisser Hinsicht als Repräsentanten desselben sie erscheinen zu lassen. Ganz besonders liebte er das und hatte seine besonderen Gründe dazu bei seinen Helden aus Sparta und Athen. Man könnte dies vielleicht ein **völkerpsychologisches** Element in den dramatischen Charakteren des Euripides nennen.

15) 219 f.: (γυναῖκας)

ὄρεσι θοάζειν, τὸν νεωστὶ δαίμονα
Διόνυσον ὅστις ἔστι τιμώσας χοροῖς·

ferner die höhnische Frage an Dionysos (467):

Ζεὺς δ’ ἔστ’ ἐκεῖ τις, ὃς νέους τίκτει θεούς;

vgl. 216. 255 f. Die Verse 242—245 hingegen, welche die wunderbare zweite Geburt des Gottes bespötteln sollen, sind, wie schon bemerkt, interpolirt sammt der darauf bezüglichen abgeschmackten Erklärung des Teiresias 286—297:

16) Dionysos erscheint bekanntlich erst am Ende des Stückes, nach der Katastrophe, als Gott und in göttlicher Gestalt, vorher als ein blosser Diener der Gottheit; sogar die Frauen des Thiasos halten ihren Führer für ein Menschenkind. Ueber diese **Doppelstellung**, von der nur der Zuschauer von Anfang an (durch den Prolog) unterrichtet ist, ein Mehreres in Note 25 und 29 g. E.

17) Der Dichter folgt hier — das Warum liegt auf der Hand — nicht der heute noch so allgemein bekannten Sage, sondern einer andern, nach welcher Aktäon sich gerühmt hatte, die Göttin im Waidhandwerk zu übertreffen und **deshalb** von seiner Meute zerrissen wurde.

18) Reiht doch auch der Verfasser der platonischen **Gesetze** (Νόμοι X. zu Anfang und zu Ende) Frevel gegen heilige Gegenstände in die höchste und strafbarste Art von ὕβρις ein, der die strengste Strafe verdiene, und bringt nach seiner Ansicht eine Person, die solche Gottlosigkeiten begeht, wenn sie nicht bestraft oder verbannt wird, Unglück und den Zorn der Götter über die ganze Bevölkerung. Vgl. **Schömann**, Griech. Alterthümer Bd. II. S. 142.

Auf das schlimme Verhängniss, das schon in dem **Namen** des Pentheus zu liegen scheint (367):

Πενθεὺς δ’ ὅπως μὴ πένθος εἰσοίσει δόμοις —

spielt später auch Dionysos an; wie der König den Befehl gibt ihn in’s Gefängniss zu werfen, ruft er ihm warnend zu (506):

Du lebst, und weisst nicht was du thust noch wer du bist!

(οὐκ οἶσϑ᾽, ἔτι ζῶν, οὔϑ᾽ ὃ δρᾷς οὔϑ᾽ ὅστις εἶ nach Hartung's Restitution). Der König versteht den Sinn dieser Worte nicht und gibt die stolze Antwort (507):

Pentheus bin ich, Echion's und Agaue's Sohn —

worauf Dionysos (508):

Durch deinen Namen bist du schon dem Fluch geweiht!

(Ἐνδυστυχῆσαι τοὔνομ᾽ ἐπιτήδειος εἶ. Vgl. Chaeremon „Dionysos" Frg. 4: Πενϑεὺς ἐσομένης συμφορᾶς ἐπώνυμος). Eine Sammlung ähnlicher Wortspiele bei Euripides, Sophokles und Aeschylos findet man bei Elmsley zu dieser Stelle (508), dessen Schlussbemerkung: Haec non modo ψυχρὰ sunt, verum etiam tragicos malos fuisse grammaticos ostendunt — einer Grammatikerseele schon zu Gute zu halten ist. Es war verdienstlich von Hartung darauf aufmerksam zu machen, dass „in dergleichen Anspielungen mehr als ein blosses Wortspiel" enthalten sei (vgl. auch dessen Commentar zu Eurip. Phönissen S. 209); ganz vortrefflich aber ist folgende Bemerkung eines andern Gelehrten: „Durch das ganze griechische Alterthum hindurch zieht sich als volksthümlich der Glaube, dass zwischen den Worten und den von ihnen bezeichneten Gegenständen ein nothwendiger, geheimnissvoller Zusammenhang bestehe, so dass der Mensch unbewusst, wie unter Leitung höherer Mächte, in den Wörtern, mit denen er Dinge und Personen benennt, deren innerstes Wesen und zukünftige Schicksale wie in einem ihm selbst noch unverständlichem Symbole darstelle. Dieser Glaube spricht sich unter andern aus durch die in Volkssagen und Dichtungen häufig wiederkehrende Erscheinung, dass das Geschick und die Bestimmung von Personen und Sachen in deren Namen wie durch ein Omen im Voraus angekündigt oder, falls diese gegeben und nicht erst zu solchem Zwecke gebildet sind, aus ihnen heraus gedeutet werden. Dahin gehört das häufige Etymologisiren und Deuten von Namen und Wörtern bei den Tragikern, welches gewiss ergreifender und bedeutsamer für die Griechen war, als es uns auf den ersten Blick bedünken mag." (Schwalbe, Jahrbuch des Pädagogiums in Magdeburg 1838. S. 46; citirt bei Steinthal, Gesch. d. Sprachw. bei Griech. u. Röm. S. 17).

19) Die Stelle lautet im griechischen Text (370 ff.):

Ὁσία πότνα ϑεῶν,
Ὁσία δ᾽ ἃ κατὰ γᾶν
χρυσέαν πτέρυγα φέρεις,
τάδε Πενϑέως ἀίεις;
ἀίεις οὐχ ὁσίαν
ὕβριν εἰς τὸν Βρόμιον,
κτλ.

Vgl. 555:

(Διόνυσε)
φονίου δ᾽ ἀνδρὸς ὕβριν κατάσχες.

Der Vorwurf der Hybris, den Pentheus gegen den Bakchenführer geschleudert hat (246 f.) und den er später auch den thebischen Frauen macht (778 f.), fällt eben mit vertausendfachtem Gewicht auf ihn selbst zurück.

20) Ich habe selbstverständlich von dem jedem Uebersetzer zustehenden Recht Gebrauch gemacht und vorhandene Uebertragungen benutzt wo es etwa anging, am meisten diejenige von Hartung, welche zwar zuweilen nicht gar poetisch lautet, aber doch nichts Unklares, keine groben Missverständnisse und keinen Unsinn bietet. Die zwei letzten Verse des ersten Stasimon lauten griechisch also (430 f.):

$$\tau\grave{o} \; \pi\lambda\tilde{\eta}\vartheta o\varsigma \; \ddot{o} \; \tau\iota \; \tau\grave{o} \; \varphi\alpha\upsilon\lambda\acute{o}\tau\varepsilon\varrho o\nu$$
$$\dot{\varepsilon}\nu\acute{o}\mu\iota\sigma\varepsilon \; \chi\varrho\tilde{\eta}\tau\alpha\acute{\iota} \; \tau\varepsilon, \; \tau\acute{o}\delta' \; \ddot{\alpha}\nu \; \delta\varepsilon\chi o\acute{\iota}\mu\alpha\nu \; —$$

und werden von den Uebersetzern D o n n e r und M i n c k w i t z folgendermassen wiedergegeben „Doch der P ö b e l, behaupt' ich frei, das S c h l e c h t e r e wählt er immer und vollbringt es" und: „Ich sprech' es aus, die Menge folgt dem f a l s c h e n Brauch und das s c h l e c h t e r e Theil gefällt ihr." Das ist also der Grund warum gerade das Volk den Wein und die Freude so freudig und dankbar aus der Hand des Gottes empfing — — fürwahr, eine treffliche Probe Auch Herr B e r n h a r d y (Programm S. XI Note 6 und Grundriss d. gr. Lit. Th. I. S. 400 a. Z.) meint, die Worte $\tau\grave{o} \; \pi\lambda\tilde{\eta}\vartheta o\varsigma \; \tau\grave{o} \; \varphi\alpha\upsilon\lambda\acute{o}\tau\varepsilon\varrho o\nu$ werden „allem Gebrauch zuwider" miss deutet, wenn man sie auf das Volk im guten Sinne beziehe, hält aber die Stelle für corrupt. $\Phi\alpha\tilde{\upsilon}\lambda o\varsigma$ heisst eigentlich nichts weiter als g e r i n g, und hier bedeutet es s c h l i c h t oder s c h l e c h t u n d r e c h t; dass dies nichts weniger als „allem Gebrauch zuwider" ist, lehrt uns Eur. Ion 834 f. (vgl. Androm. 482):

$$\varphi\alpha\tilde{\upsilon}\lambda o\nu \; \chi\varrho\eta\sigma\tau\grave{o}\nu \; \ddot{\alpha}\nu \; \lambda\alpha\beta\varepsilon\tilde{\iota}\nu \; \varphi\acute{\iota}\lambda o\nu$$
$$\vartheta\acute{\varepsilon}\lambda o\iota\mu\iota \; \mu\tilde{\alpha}\lambda\lambda o\nu \; \tilde{\eta} \; \kappa\alpha\kappa\grave{o}\nu \; \sigma o\varphi\acute{\omega}\tau\varepsilon\varrho o\nu.$$

21) Oben (Note 14) ist darauf hingewiesen worden, wie die Person des Pentheus im Allgemeinen als Typus des thebanischen Charakters erscheint; die so eben angeführte Stelle (538 ff.) in ihrem Zusammenhange bietet dagegen ein schönes Beispiel für die Art und Weise. wie unser Dichter auch die s a g e n h a f t e Tradition des Volksglaubens — denn Pentheus war in der Volkssage gewiss ein wilder und ungeheurer, gigantenartiger Mensch — nicht nur zu wahren, sondern für seine spezielleren Zwecke zu verwerthen wusste.

22) Es ist nicht eben schwer einzusehen, zu welchem Zwecke der Dichter den K a d m o s und den T e i r e s i a s eingeführt hat, wie sehr die Handlungsweise dieser Beiden auch mit den von dem Chor ausgesprochenen Grundsätzen übereinstimmt, und dass die Worte dieser ältesten, erfahrungsreichsten und würdigsten Männer der Stadt Theben doppeltes und dreifaches Gewicht haben müssen. Nichts destoweniger meint die Kritik des Herrn B e r n h a r d y (Grundriss d. gr. Lit. Th. II. Abthlg. 2. S. 425): „M i t r e i n e r W i l l k ü r werden die Greise Kadmos und Teiresias um d e s E f f e k t s w i l l e n, aber ohne jeden Schein der Wahrheit, hereingezogen, um bei der bakchischen Feier mit Frauen zu schwärmen!"

23) In der Parodos heisst es (85 ff.):

$$(B\acute{\alpha}\kappa\chi\alpha\iota)$$
$$\varDelta\iota\acute{o}\nu\upsilon\sigma o\nu \; \kappa\alpha\tau\alpha\gamma o\tilde{\upsilon}\sigma\alpha\iota$$

$$\Phi\varrho\nu\gamma\tilde{\omega}\nu\ \dot{\varepsilon}\xi\ \dot{o}\varrho\dot{\varepsilon}\omega\nu\ \dot{E}\lambda\lambda\dot{\alpha}\delta o\varsigma\ \varepsilon\dot{\imath}\varsigma$$
$$\varepsilon\dot{\nu}\varrho\upsilon\chi\acute{o}\varrho o\upsilon\varsigma\ \dot{\alpha}\gamma\upsilon\iota\dot{\alpha}\varsigma,\ \tau\grave{o}\nu\ B\varrho\acute{o}\mu\iota o\nu$$

$\varkappa\alpha\tau\acute{\alpha}\gamma\varepsilon\iota\nu$ ist bekanntlich der stehende Ausdruck für das Zurückführen des Verbannten in seine Heimat und wird hier mit Absicht von dem Geleite des Dionysos gebraucht, was die Interpreten und Uebersetzer nicht hätten übersehen sollen. Zur Sache vgl. noch die Worte im Prolog (26 f.):

$$\dot{\varepsilon}\pi\varepsilon\grave{\iota}\ \mu'\ \dot{\alpha}\delta\varepsilon\lambda\varphi\alpha\grave{\iota}\ \mu\eta\tau\varrho\acute{o}\varsigma,\ \dot{\alpha}\varsigma\ \ddot{\eta}\varkappa\iota\sigma\tau'\ \dot{\varepsilon}\chi\varrho\tilde{\eta}\nu,$$
$$\varDelta\iota\acute{o}\nu\upsilon\sigma o\nu\ o\dot{\upsilon}\varkappa\ \ddot{\varepsilon}\varphi\alpha\sigma\varkappa o\nu\ \dot{\varepsilon}\varkappa\varphi\tilde{\upsilon}\nu\alpha\iota\ \varDelta\iota\acute{o}\varsigma.$$

24) Schon im Prolog beklagt sich Dionysos über Pentheus (45 f.):

$$\ddot{o}\varsigma\ \vartheta\varepsilon o\mu\alpha\chi\varepsilon\tilde{\iota}\ \tau\grave{\alpha}\ \varkappa\alpha\tau'\ \dot{\varepsilon}\mu\grave{\varepsilon}\ \varkappa\alpha\grave{\iota}\ \sigma\pi o\nu\delta\tilde{\omega}\nu\ \ddot{\alpha}\pi o$$
$$\dot{\omega}\vartheta\varepsilon\tilde{\iota}\ \mu'\ \dot{\varepsilon}\nu\ \varepsilon\dot{\nu}\chi\alpha\tilde{\iota}\varsigma\ \tau'\ o\dot{\upsilon}\delta\alpha\mu\tilde{\omega}\varsigma\ \mu\nu\varepsilon\acute{\iota}\alpha\nu\ \ddot{\varepsilon}\chi\varepsilon\iota.$$

25) Da, wo Pentheus nach seiner Rüstung verlangt und dem Warnenden dictatorisch zu schweigen gebietet (809):

$$\dot{\varepsilon}\varkappa\varphi\acute{\varepsilon}\varrho\varepsilon\tau\acute{\varepsilon}\ \mu o\iota\ \delta\varepsilon\tilde{\upsilon}\varrho'\ \ddot{o}\pi\lambda\alpha\cdot\ \sigma\grave{\upsilon}\ \delta\grave{\varepsilon}\ \pi\alpha\tilde{\upsilon}\sigma\alpha\iota\ \lambda\acute{\varepsilon}\gamma\omega\nu\ —$$

tritt die Peripetie der Handlung ein, und wird dies auch äusserlich, ich meine in der Rede, durch den Ausruf $\ddot{\alpha}$ des Dionysos (810) angedeutet, wie schon O. Ribbeck (Neues schweiz. Mus. für Philologie v. J. 1861. S. 241 od. 242) und Andere gesehen haben.

Auf die Ironie, mit welcher die Person des Pentheus besonders in den nun folgenden Scenen (am Schluss des 3. und im ganzen 4. Epeisodion) behandelt ist, hat auch schon Ribbeck (Eurip. u. s. Zeit S. 30) hingewiesen; die beigefügte Bemerkung, dass die Ironie auch in anderen Dichtungen des Euripides einen weit breiteren Spielraum habe als man gewöhnlich annehme, ist sehr treffend, und wem es darum zu thun ist überall den wahren Ansichten des Dichters so viel wie möglich auf den Grund zu kommen, kann nicht genug auf diesen Umstand Acht geben. Oft liegt diese Ironie nur in einzelnen Aussprüchen; oft aber spielt sie durch ganze Scenen, Reden und Wechselreden hindurch, welches letztere also in unserm Stücke ganz besonders der Fall ist. Sie beginnt schon im zweiten Epeisodion, d. h. von da an, wo der verkappte Dionysos mit Pentheus zusammengeführt wird, und besteht, abgesehen von dem Doppelsinn mancher, später fast der meisten von Dionysos gesprochenen Verse — ja auch Pentheus' Worte lassen oft, ihm selber unbewusst, eine doppelte Deutung zu —, darin, dass der König sich klug und weise und witzig dünkt, während er manches Wort des Dionysos, namentlich dessen feinere Fragen und Antworten, nicht so versteht wie er sollte, dass er vielmehr selbst von diesem seinem Gegner fast wie ein vorwitziger Junge behandelt wird und so ihm gegenüber als ein armseliger Tropf erscheint. Diese Ironie streift aber wirklich an's Grausenhafte da, wo der bis zum Wahnsinn verblendete König sich überreden lässt mit Dionysos nach dem Kithäron auf die Lauer zu gehen, und wo er in eine Mänade vermummt zum letzten Male lebendig auf der Bühne erscheint: die Beiden scheinen nunmehr in bester Eintracht und Uebereinstimmung, Pentheus ist von jedem Worte, das Dionysos zu ihm spricht, entzückt, und doch enthält fast jedes dieser Worte für den Unbe-

fangenen einen furchtbaren Ernst und lässt ihn schon zum Voraus das Schlimmste und Schreck-
lichste ahnen. Es ist wie ein Spiel, aber ein fürchterliches Spiel, welches der Gott mit seinem Widersacher spielt! Diese äusserst effectvolle Behandlung wurde dem Dichter nicht
wenig erleichtert, um nicht zu sagen ermöglicht, durch die schon erwähnte Doppelstellung
oder das Incognito des Dionysos (s. oben Note 16. vgl. Note 29 g. E.).

Da weder die blosse Neugier zu reizen und zu befriedigen, noch durch einen uner-
warteten Ausgang zu frappiren eine Aufgabe der alten Tragödie war noch sein konnte, und
dies aus Gründen, die am Tag liegen, so waren ihre Dichter von jeher darauf angewiesen,
durch andere, feinere und würdigere Mittel den Zuhörern zu gefallen, d. h. sie zu spannen,
zu erbauen und zu unterhalten, und ein solches in hohem Grade wirksames, manch anderen
Reiz aufwiegendes Mittel ist eben die Ironie bei Euripides, deren so häufige Anwendung in
den verschiedensten Graden und Nüancen zugleich von der hohen dialektisch rhetorischen
Bildung und Urtheilsfähigkeit des atheniensischen Publicums, ohne welche es dergleichen Fein-
heiten hätte weder verstehen noch würdigen können, Zeugniss gibt. Den bald äusserst
pikanten, bald grausigen Eindruck aber, den sie auf dasselbe machen musste, können wir
uns schon deshalb schwer vergegenwärtigen, weil uns Modernen überhaupt die Anwendung
und das Verständniss dessen, was die Griechen εἰρωνεία nannten, und was mit dem, welches wir gewöhnlich Ironie nennen, wenig zu thun hat, nicht sehr geläufig ist. Aehnliches
findet sich nicht selten bei Shakspeare, jedoch bei Göthe und Schiller — ich meine in
ihren Dramen — kaum.

Es ist wohl nicht so paradox als es klingt, wenn ich sage: die εἰρωνεία ersetzte
den Alten wenigstens theilweise den Humor, der erst den Völkern christ-
licher Religion eine Möglichkeit wurde.

26) Die Wendung, dass Pentheus durch Dionysos bethört in Weiberkleidern auf den
Kithäron zieht, ist, wie schon O. Jahn (Pentheus und die Mainaden S. 9) vermuthet hat,
unzweifelhaft dem Euripides eigen.

27) Diese letzten vier Verse 1012 — 1016 (= 992 — 996) und im 3. Stasimon die Verse
897—901 (= 877—881) sind die einzigen Beispiele von Refrain in Chorgesängen bei Euripides. Ueber die Composition der bakchischen Chöre und ihren Zusammenhang unter einander
wie mit dem Dialog sei in Kürze Folgendes bemerkt: die vier Stasima schliessen sich
ihrem Inhalte nach allerdings, und zwar vortrefflich zunächst an die jeweilen vorhergegangene
Situation an, aber hievon abgesehen hangen sie auch unter sich zusammen und bilden mit-
sammt der Parodos gewissermassen ein Ganzes für sich, welches die Wundergeburt des
Dionysos, dann das Wesen und die Vorzüge dieser neuen Gottheit und ihres Cultes, aber
auch die Schilderung und Anklage ihres Widersachers zum Gegenstande hat und endlich
jeweilen an diese Schilderungen allgemeiner gefasste Betrachtungen religiöser Art anschliesst.
Die weitere Ausführung des Gesagten überlasse ich dem aufmerksamen Leser, dem es nicht
entgehen wird, dass auch hier Alles nach einem bestimmten, wohl berechneten und begrün-
deten Plane angelegt ist. In der aulischen Iphigenie hat einen ähnlichen Zusammenhang der einzelnen Chorgesänge unter sich Schöne nachgewiesen im rhein. Mus. N. F.
Bd. V. 1847.

28) Wie hoch schon die Alten die Bakchen und im Besonderen auch diesen Botenbericht schätzten, geht u. A. aus einer Anekdote hervor, die Lukian (adv. indoct. § 19) erzählt. Der Cyniker Demetrios nämlich hörte das Stück einst in Korinth von einem ganz ungebildeten Menschen vorlesen; als dieser eben die Schilderung der Mordscene auf dem Kithäron beginnen wollte, riss er ihm das Buch aus der Hand und zerriss es mit den Worten: „Immer besser für Pentheus, von mir auf ein Mal als von dir immer und immer wieder zerrissen zu werden."

29) Ihrem wesentlichsten Inhalte nach ist die Tragödie hier fertig und müsste auch, nach den Regeln der modernen Dramatik, mit den eben angeführten Worten des Kadmos schliessen. Denn die Neueren schliessen gern mit einem bedeutungsvollen Ausspruch ihre Stücke ab: es ist gar zu schön, wenn bei solch einem Kernsatz der Vorhang fällt, das Bravo erschallt und die Zuhörer noch tief ergriffen von dem „gehabten" Eindruck nach Hause wandeln. Euripides aber liebte es, die dramatische, d. h. die dargestellte Handlung nicht sowohl abzubrechen als vielmehr a b z u r u n d e n, indem er seinem Publicum etwa noch die unmittelbarsten Folgen der Katastrophe vorführte und es die künftigen Schicksale der von ihr betroffenen Personen wissen liess. Die nämliche Gottheit, welche deren bisheriges, von den Zuschauern nun gleichsam miterlebtes Geschick so wunderbar gelenkt, erscheint jetzt in ihrer göttlichen Majestät sichtbar und begründet ihr Walten kurz und fasslich für Vergangenheit und Zukunft; für den andächtigen Zuhörer aber ist diese Zukunft im Grunde genommen schon Vergangenheit und thatsächliche Gegenwart, da sich die gegebenen Prophezeiungen in der Regel auf alte religiöse Ueberlieferungen und mit diesen in Zusammenhang stehende Cultuseinrichtungen beziehen. Dies ist im Wesentlichen die Bedeutung des durch fortgesetztes Missverstehen sprüchwörtlich gewordenen d e u s e x m a c h i n a, dessen der Dichter zu nichts weniger als zu einer Lösung resp. Zerhauung des Knotens bedurft hat. Der Eindruck eines solchen Ausgangs aber auf das Gemüth des n a i v e n Zuschauers konnte nur ein höchst wohlthuender und beruhigender sein.

Wenn irgendwo so ist nun in jenen Worten des Kadmos, welche griechisch also lauten (1325 f.):

$$\text{εἰ δ᾽ ἔστιν ὅστις δαιμόνων ὑπερφρονεῖ,}$$
$$\text{εἰς τοῦδ᾽ ἀθρήσας θάνατον ἡγείσθω θεούς —}$$

Dasjenige ausgedrückt, was wir im weitesten und populärsten Sinne die T e n d e n z des Stückes nennen können. Die Plurale δαιμόνων und θεούς sind wohl zu beachten; denn der e u r i p i d e i s c h e Pentheus erscheint eben nicht bloss als Widersacher des Dionysos und Leugner dieser Gottheit, sondern als ein vollendeter Gottesleugner überhaupt, als ein Verächter des Göttlichen und aller göttlichen Gesetze, als ein schamloser und gewaltthätiger Frevler an Recht und Sitte, welches Alles der Chor zu betonen und hervorzuheben sich nicht genug thun kann, wie aus den oben in Uebersetzung gegebenen Belegen ersichtlich ist, und wobei man besonders auf Stellen wie 370—375. 386 ff. 395 f. 542 ff. 555. 989 ff. 992 ff. 997 ff. zu merken hat.

Dass der beleidigte Dionysos selbst seinen Gegner straft, und die Art und Weise wie dies geschieht, entspricht durchaus dem antik volksthümlichen Begriff rächender Gotteshand. Was zunächst die Bethörung des Pentheus anbelangt, so war List und Trug dem

Feinde gegenüber, nach der Anschauung der Alten, auch einem Gotte wohl erlaubt. Die Strafe selbst aber muss furchtbar sein, denn es gilt nicht etwa bloss an dem Einzelnen ein Exempel zu statuiren, sondern es gilt zugleich die Manifestation der Gottheit als solcher. Vortrefflich bemerkt Nägelsbach (Nachhomerische Theologie S. 30 f.): Die Strafgerechtigkeit ist eine so wesentliche Eigenschaft der Götter, dass man, wenn sie sich nicht thatsächlich offenbarte, am Dasein der Götter und somit an allem Cultus irre werden müsste, und von Homer an klingt im ganzen Alterthum die Ansicht wieder: wenn die Götter nicht strafen, so existiren sie nicht; aber so gewiss sie existiren, so gewiss strafen sie. Es schwindet die Ehre der Götter (ἔρρει τὰ θεῖα), wenn ein Frevel nicht geahndet wird, und es „gilt das Gesetz, kraft dessen die Gottheit ihr Strafamt verwaltet, für so unverbrüchlich, dass sie sich wie man annimmt eher entschliesst, mit dem Bösen auch den Unschuldigen zu verderben, wenn das Geschick diese Beiden in untrennbare Verbindung bringt, als den Sünder um des Guten willen zu begnadigen.“ Und so müssen denn der unschuldige Kadmos und seine Gemahlin auch in die Verbannung ziehen, mit ihren Töchtern, welche Letzteren schon der vollbrachten Mordthat wegen nicht länger im Lande weilen dürfen.

Man vergegenwärtige sich zum Ueberfluss nochmals das ganze Wesen des Pentheus, sein von Spott und Hohn bis zur Mordlust allmählig sich steigerndes Benehmen, dazu die lüsterne Gier dieses Wütherichs, und man wird die Kunst des Dichters bewundern müssen, welche die Umrisse des mythischen Thebanerkönigs so vortrefflich zu schattiren vermocht, welche im Weiteren die in der Ueberlieferung gegebene Bestrafung desselben zwar nicht gemildert, aber dafür die Schuld auf eine so natürliche Weise in's Unendliche zu vergrössern verstanden hat.

Das Schicksal des tragischen Helden ist also in der Dichtung selbst in jeder Hinsicht wohl motivirt. Freilich muss zugestanden werden, dass eine so grausame Bestrafung wie überhaupt jegliche Rache von Seite der Gottheit unser modernes, ich will nicht sagen christliches Gefühl verletzen würde, und fast scheint es als ob schon der Dichter, wenigstens in Bezug auf das Geschick der Angehörigen des Pentheus, einer ähnlichen Empfindung Ausdruck zu geben bemüht war. Wahrhaft rührend sind die Klageworte, die er den alten Kadmos an den zerstückten Leichnam seines Enkels richten lässt (1316 ff.):

O Theuerster — ob du auch nicht mehr bist, du bleibst
Ja doch stets meinen Liebsten beigezählt, mein Kind —,
Nicht mehr wirst du die Wange mir berühren, mich
Grossvater nennen, liebend angeschmiegt, mein Kind,
Und fragen: „Sag' an, wer thut dir was zu Leid, o Greis?
Wer mag mit Kränkung trüben deines Herzens Ruh?
Sag's Vater, dass der Bösewicht die Strafe kriegt!“
Nun bin ich elend, du bist jammervoll dahin,
Erbarmenswerth die Mutter wie ihr Schwesternpaar!

Und der Chor spricht theilnahmsvoll zu dem Greise (1327 f.):

Dein Leiden schmerzt mich, Kadmos. Deinem Enkel ist
Verdientes widerfahren; doch dich trifft es hart!

Ganz besonders aber blickt eine mildere, die allgemein antike Anschauung gewissermassen kritisirende Ansicht des Dichters durch in der kurzen Wechselrede zwischen Agaue und Dionysos, die hier noch ihre Stelle finden möge (1344 ff.):

Agaue.
Dionysos, hab' Erbarmen! wir haben sehr gefehlt.
Dionysos.
Zu spät, nicht da es Noth that, habt ihr mich erkannt.
Agaue.
Wir haben's eingesehen; doch du strafst zu hart.
Dionysos.
Mich, der ich Gott bin, habt ihr freventlich verhöhnt.
Agaue.
Im Zorne seien Menschen nicht den Göttern gleich.
Dionysos.
Es war das längst vom Vater Zeus mir zugesagt.
Agaue.
Ach, ach, er ist verhängt, des Bannes grauser Fluch.
Dionysos.
So fügt euch endlich dem, was unabwendbar ist.

(Dionysos verschwindet.)

Die Zeichnung des Dionysos ist von den neueren Erklärern nach Gebühr gewürdigt worden, die Schilderung des Gottes sowohl in „seiner heiteren, weltlichen Natur als in seiner göttlichen Majestät"; „ganz der Erhabenheit des Gottes entsprechend ist die Rolle, mit welcher Dionysos auf dem Kithäron seinen Feind den Werkzeugen seines Willens zur Vollziehung der Strafe überliefert, während er bei derselben selbst im Hintergrunde bleibt *). Wie nichtig der Vorwurf von Jacobs ist, dass die Göttlichkeit des Dionysos nur als physische Kraft wirke, leuchtet wohl von selbst ein; sie zeigt sich doch wenigstens als eine übermenschliche Kraft und insofern als eine göttliche, als sie Menschen zu übermenschlichem Thun antreibt und befähigt, was der Dichter hervorzuheben nicht versäumt hat: so besonders in den beiden Botenberichten, in deren zweitem man vor Allem merke, in welcher Weise die That der Agaue berichtet wird:

$$\lambda \alpha \beta o \tilde{\upsilon} \sigma \alpha \; \delta' \; \dot{\omega} \lambda \acute{\epsilon} \nu \alpha \iota \varsigma \; \dot{\alpha} \varrho \iota \sigma \tau \epsilon \varrho \grave{\alpha} \nu \; \chi \acute{\epsilon} \varrho \alpha$$
$$\pi \lambda \epsilon \upsilon \varrho \alpha \tilde{\iota} \sigma \iota \nu \; \dot{\alpha} \nu \tau \iota \beta \tilde{\alpha} \sigma \alpha \; \tau o \tilde{\upsilon} \; \delta \upsilon \sigma \delta \alpha \acute{\iota} \mu o \nu o \varsigma$$

---

*) Bernhardy, Grundriss d. gr. Lit. Th. II. Abthlg. 2. S. 425 f. Schöne, Einleitung S. 23 f. Vgl. Hartung im Eurip. restit. Bd. II. S. 547 ff. Jacobs dagegen meinte (a. O. S. 390): „Nichts ist ungöttlicher als die Rolle, welche Dionysos, um den Pentheus zu strafen, in den Bakchen spielt. . . . Seine Göttlichkeit wirkt nur als physische Kraft" — und ähnlich noch Schöne (Einleitung S. 25): „Seine (des Pentheus) Vernichtung ist nicht tragisch genug (!), denn sie ist nur eine äusserliche, durch die Gewalt des Gottes herbeigeführte, nicht zugleich eine innerliche Besiegung seiner irrthümlichen Ueberzeugung." Vgl. oben Note 10. Nicht ganz uninteressant ist folgendes Urtheil Göthe's (bei W. Müller, Göthe's letzte literarische Thätigkeit u. s. w. S. 9): „Kann man die Macht der Gottheit und die Verblendung der Menschen geistreicher darstellen als es hier (in den Bakchen) geschehen ist? Das Stück gäbe die fruchtbarste Vergleichung einer modernen dramatischen Darstellbarkeit der leidenden Gottheit in Christus mit der antiken eines ähnlichen Leidens, um daraus desto mächtiger hervorzugehen, im Dionysos." Meyer, dessen Abhandlung ich diese Notiz entnehme, fügt hinzu (a. O. S. 22. Note 36): De quibus quoniam ad summi illius vatis sententiam disputare nequeo, pro *opinione* tantum proferam: narrationis quae legitur in Evang. Matth. XXVI. 62—64 comparatione cum nostro Baccharum loco (vs. 461 sqq.) facta posse illustrari, per Christi ironiam discerni *mite* illud, quod christiana religio divinitati tribuit, ex Dionysi autem Pentheum illudentis mortalemque se simulantis ironia cognosci *saevam* quandam *asperamque* indolem, quam Dionyso irato inesse Graeci crediderunt.

$$\dot{\alpha}\pi\varepsilon\sigma\pi\dot{\alpha}\varrho\alpha\xi\varepsilon\nu\ \ddot{\omega}\mu o\nu,\ o\dot{v}\chi\ \dot{v}\pi\dot{o}\ \sigma\vartheta\dot{\varepsilon}\nu o\varsigma,$$
$$\dot{\alpha}\lambda\lambda'\ \dot{o}\ \vartheta\varepsilon\dot{o}\varsigma\ \varepsilon\dot{v}\mu\dot{\alpha}\varrho\varepsilon\iota\alpha\nu\ \dot{\varepsilon}\pi\varepsilon\delta\dot{\iota}\delta o\nu\ \chi\varepsilon\varrho o\tilde{\iota}\nu\ -$$

(1125 ff., vgl. die Uebersetzung S. 21); ja, die Worte der triumphirenden **Agaue** selbst weisen darauf hin (1202 ff.):

> Die ihr des Theberlandes thurmgeschmückte Stadt
> Bewohnt, o kommt zu schauen den gemachten Fang
> Des Wildes, das wir Kadmostöchter selbst erlegt —
> Nicht mit der Thessaler-gekrümmtem Wurfgeschoss,
> Und nicht mit Netzen — nein! bloss mit des nackten Arms
> Handfestem Griff. Wozu noch prahlen fürderhin
> Und von dem Lanzenschmied sich schaffen Jagdwerkzeug?
> Mit dieser Hand allein hab' ich den da erhascht
> Und solcher Bestie Glieder tausendfach zerstückt.

Gegen die Annahme endlich, dass die Bethörung und Verkleidung des Pentheus dem **Euripides** eigen sei, hege ich wie schon (Note 26) bemerkt nicht das geringste Bedenken. Auch das ist sicher euripideisch, dass der König die waffenfähige Mannschaft Thebens aufbieten lässt um die schwärmenden Frauen mit Gewalt vom Kithäron zurückzubringen; denn auf diese Weise dient seine Ueberlistung zur Belauschung der Orgien und seine dadurch herbeigeführte Vernichtung zugleich zur Vermeidung eines allgemeinen Blutbades, nicht zwar unter den thebanischen Mänaden, denen ja keine Waffe das Geringste anzuhaben vermag, sondern unter dem thebanischen Heere selbst.

Die genialste und für die ganze Handlung des Stückes wichtigste Erfindung des Dichters ist aber die schon öfter (Note 16 und 25) berührte **Doppelstellung des Dionysos**, sein menschlich leibhaftiges Erscheinen in der Gestalt eines bakchischen Priesters und Bakchantenführers. Dreifach ist der Gewinn dieser Einrichtung; in welcher Hinsicht am bedeutendsten, wird schwer zu entscheiden sein. Der erste grosse Vortheil ist der, dass der Gott selbst in eigener Person, und dies ohne darum seiner göttlichen Hoheit etwas zu vergeben, seine Sache gegen den Widersacher verfechten kann: wie lebendig und überzeugend musste jedes seiner Worte dem Zuschauer zum Herzen dringen, der ihn ja von vornherein als den Unfehlbaren erkannt hat! [*]

Und doch, welch schöne Gelegenheit zu herrlichen Auseinandersetzungen, welch schöne Gelegenheit namentlich zu prächtigen Ideenentwickelungen hat Euripides sich da entgehen lassen! Und doch, wollte ich sagen, ist es nicht Bakchos, welcher sein Evangelium verkündet und seinen Cultus empfiehlt; dies thut vielmehr der Seher Teiresias, auch Kadmos und der Kuhhirt, vor Allem aber der asiatische Frauenchor in seiner seligen Verzückung, und der Gott begnügt sich fast nur damit, einige Anschuldigungen des Pentheus zurückzuweisen

---

[*] Vgl. Hartung's Bemerkung im Eurip. restit. Bd. II. S. 547 a. E.: Vatis indutum persona vi quadam divina praediti inducens Bacchum Euripides hoc assecutus est, ut et aequo Marte homo cum homine sive rex cum sapiente certamen committeret et commodius theatrum humana omnia vel certe humanis vicina spectans commoveretur docereturque: nam etiam quae naturam superant eiusmodi sunt, ut nasci facile partim ex vi furoris divini potuisse partim ex mentis coecitate hominis iracundi obstinatique videantur. Und über die Wechselrede 460 ff. (ebendas.): Hic sermo pugnae instar commissus nescio an tenore dictorum alternis versibus fusorum et vi atque acumine verborum omnium praestantissimus sit.

und denselben zu warnen. Und wie einfach, wie schlicht sind seine Worte und Aussagen! scheint es doch zuweilen, als ob er in der That nur dazu da sei, dem mächtigen Gewalthaber Rede zu stehen. Aber es scheint nur so, dem Könige zumeist scheint es so; dem Unbefangenen dagegen zeigt sich jene Schlichtheit und Einfachheit als das was sie auch wirklich ist: als die leichte Umhüllung der göttlich selbstbewussten und über alle Zweifel erhabenen Ueberlegenheit des Sprechenden, gleichsam als die durchsichtige Scheide eines furchtbaren Schwertes, dessen Glanz nur der Verblendete nicht zu sehen, dessen Schärfe nur der Betäubte nicht zu fühlen vermag. Dies ist das Z w e i t e , die Kunst der εἰρωνεία, deren Wirkung zu veranschaulichen schon versucht worden (Note 25); es ist eine grosse und seltene Kunst, leichter zu kosten und zu bewundern als nachzuahmen.

D r i t t e n s endlich wird durch dieses Incognito der tragische Held wider Willen und Absicht dahin gebracht, direct mit dem verhöhnten Gott selbst anzubinden und seine Hand gegen denselben aufzuheben, wodurch er schon von vornherein mehr als das Leben verwirkt hat. Ich sagte: wider Willen und Absicht, denn den Fall zu setzen, dass ein Mensch, selbst der ruchloseste, eine ihm leibhaftig erscheinende Gottheit mit Wissen und Willen angreifen würde, war auch für den Griechen nicht denkbar; das hatten nur einst in grauer Vorzeit, als die weise Herrschaft des Zeus noch nicht befestigt war, die Giganten zu ihrem Verderben versucht, und wenn auch Pentheus in der alten Volkssage wirklich einem Giganten gleich und Widerpart des von ihm wohl erkannten Gottes sein mochte (vgl. Note 21), so war er doch als solcher nicht auf die Bühne zu bringen, und Euripides würde so etwas von allen Tragikern am allerwenigsten gethan haben. Es ist aber wohl zu merken, dass die Schuld des Pentheus durch seine Unkenntniss von dem wirklichen Wesen seines Gegners gar nicht oder doch nur unbedeutend gemildert wird, nämlich nach den Begriffen des Alterthums, welches zwischen der äusseren, materiellen That und der Gesinnung, oder zwischen Absicht und nicht Absicht, keineswegs den Unterschied machte, den w i r zu machen gewohnt sind: man denke nur an den Oedipus. Pentheus muss also fallen und schrecklich fallen, sobald er nur seine Hand an Dionysos gelegt hat, und dies Letztere m u s s t e er eben — Dank der grossen Kunst des Dichters *).

---

*) Ich kann nicht umhin eine anderswo (S. 24) bloss erwähnte Notiz des S e r v i u s zu Aen. IV, 469 vollständig hierherzusetzen: Pentheum autem furuisse traditur secundum *Pacuvii* tragoediam, de quo fabula talis est: Pentheus, Echionis et Augaues filius, Thebanorum rex, cum indignaretur ex matertera sua Semele genitum Liberum patrem coli tamquam deum, ut primum comperit eum in Cithorone monte esse, misit satellites, qui eum vinctum ad se perducerent; *qui cum ipsum non invenissent, unum ex comitibus suis* A c o e t e n *captum ad Pentheum perduxerunt.* Hic cum eo co graviorem poenam constitueret, iussit eum interim claudi vinctum: cumque sponte sua et carceris fores apertae essent et vincula *Acoeti* excidissent, miratus Pentheus exspectaturus sacra Liberi patris Cithorona petit, quem visum Bacchae discerpserunt. Prima autem Agaue mater eius amputasse caput dicitur, feram esse existimans. Pentheus furuit etiam ipse secundum *Pacuvii* tragoediam.

O. J a h n (Pentheus und die Mainaden S. 6. Note 12) bemerkt mit Recht gegen E l m s l e y (zu Eurip. Bakch. Argum. S. 5), das Fehlen sonstiger Notizen von einer Tragödie Pentheus des Pacuvius sei kein hinlänglicher Grund zu der Annahme, dass der Notiz des Servius eine Verwechslung mit den Bakchen des Attius zu Grunde liege, meint aber im Weiteren, man sei auch nicht genöthigt eine Abweichung des Pacuvius von Euripides anzunehmen, da die Verse Vergil's:

Eumenidum veluti demens videt agmina Pentheus
Et solem geminum et duplicis se ostendere Thebas —

auf die sich die Worte: Pentheus furuit etiam ipse secundum Pacuvii tragoediam beziehen, deutlich genug auf Eur. Bakch. 918 f.:

30) Bekanntlich ist dieser Schluss nicht nur im Einzelnen vielfach verdorben, sondern überhaupt arg verstümmelt: von einer Rede der Agaue ist nur der Anfangsvers erhalten, von derjenigen des Dionysos wohl nur der kleinere Theil. Man hat das Fehlende zumeist aus dem Christus patiens zu ergänzen versucht; zuletzt sind von A. Kirchhoff (Philologus Bd. VIII. S. 78 ff.) für jede der beiden Reden c. 20 Verse herausgeschält worden, jedoch wenig oder nichts von Belang. Agaue scheint eben den Sohn betrauert, seinen Leichnam

$$\varkappa\alpha i\ \mu\grave{\eta}\nu\ \acute{o}\varrho\~\alpha\nu\ \mu o\iota\ \delta\acute{v}o\ \mu\grave{\varepsilon}\nu\ \mathring{\eta}\lambda\acute{\iota}o\upsilon\varsigma\ \delta o\varkappa\~\omega,$$
$$\delta\iota\sigma\sigma\grave{\alpha}\varsigma\ \delta\grave{\varepsilon}\ \Theta\acute{\eta}\beta\alpha\varsigma\ \varkappa\alpha i\ \pi\acute{o}\lambda\iota\sigma\mu'\ \acute{\varepsilon}\pi\tau\acute{\alpha}\sigma\tau o\mu o\nu\ —$$

anspielen. Letzteres gilt in der That nur von dem zweiten der vergilischen Verse, zu welchem erst auch Servius ausdrücklich bemerkt und bemerken kann: tragice dixit imitatus *Euripidem*. Wir können aber den Vergil hier füglich bei Seite lassen; weicht doch das gegebene Résumé der Fabel selbst, von dem wir vernünftiger Weise annehmen müssen, dass es den Inhalt eines Pentheus von Pacuvius angibt, gerade in dem wesentlichen Punkte von dem euripideischen ab, als es nicht der maskirte Dionysos selbst, sondern wirklich nur Einer aus seinem Gefolge ist, mit Namen Acoetes, welcher als Gefangener des Pentheus erscheint Hygin (XXXIV. Tyrrheni) berichtet, Acoetes habe der Steuermann der tyrrhenischen Seeräuber geheissen den Dionysos allein von seinen Genossen verschont. d. h. nicht in einen Delphin verwandelt habe (Hic gubernator fuit, quem ob clementiam Liber servavit; im homerischen Hymnus [VII] hat derselbe keinen Namen) Mehr Aufklärung erhalten wir aus Ovid. Dieser lässt (Metam. III, 577 ff.) ebenfalls einen Bakchanten Acoetes als Gefangenen vor Pentheus führen, nachdem dessen Häscher den Dionysos umsonst gesucht. Dieser Acoetes gibt sich dem Könige auch hier als den geretteten Steuermann (592 ff. bes. 621 f. Ueber die alte Tradition von der Herkunft der Tyrrhener aus Mäonien oder Lydien vgl. M. Haupt in der weidm. Ausg. zu 583 tyrrhenischer Schiffer zu erkennen, die den Bakchos rauben wollten und von diesem in Delphine verwandelt worden seien; er erzählt die Wundergeschichte sehr ausführlich und in der Absicht, den König zu bekehren wird aber eingesperrt und soll zu Tode gemartert werden. Seiner Befreiung durch göttliche Wundermacht wird nur ganz kurz gedacht (699 f.). Pentheus geht auf den Kithäron, aus freiem Antrieb, nicht gerade al Lauscher sondern in vollem Zorn, und wird zerrissen.

Nun ist aber jener Acoetes bei Ovid wiederum kein Anderer als Bakchos selbst, wie aus eine genaueren Lesung der Erzählung hervorgeht und von Haupt zu 511 ff. und zu 658 —

per tibi nunc ipsum (*nec enim praesentior illo*
est deus) adiuro, tam me tibi vera referre
quam veri maiora fide

sagt Acoetes doppelsinnig zu Pentheus — richtig angemerkt worden ist. Nehmen wir nun an, jene Inhalts angabe der Servius gehe wirklich auf den Pentheus des Pacuvius, und sei nicht viel mehr ein flüchtige Excerpt aus der Erzählung des Ovid, in welch letzterem Falle wir uns jeder weiteren Folgerung erst rech enthalten müssten, so ist Pacuvius entschieden einem anderen Vorbilde gefolgt als der euripideischen Dich tung, möglicher Weise dem äschyleischen Pentheus (völlig selbständig wird der römische Dichter nicht ver fahren sein), und Ovid seinerseits würde dann zwei Variationen der Darstellung in eine verschmolzen haben oder aber ist das Résumé des Servius dahin aus Ovid zu ergänzen, dass auch bei Pacuvius Acoetes nu eine angenommene Gestalt des Gottes selbst gewesen ist. In diesem Falle kann Pacuvius immerhin de Euripides nachgeahmt, aber für gut gefunden haben, dem verkappten Gott einen bestimmten Namen beizu legen, und es entstünde dann die weitere Frage, ob sich dieser auch bei dem römischen Dichter von vorn herein dem Zuschauer zu erkennen gab oder nicht.

Doch genug der Vermuthungen, so wichtig auch die sichere Kenntniss solcher und ähnlicher Dinge fü die Auffassungskraft und den künstlerischen Verstand der römischen Nachahmer wäre. Von den Bakchae de Attius lässt sich aus den wenigen Fragmenten, die schon Scaliger und in in neuerer Zeit O. Ribbeck (Trag Lat. rel. S. 335 ff.) mit den Versen des Euripides zusammengestellt hat, wohl mit Sicherheit schliessen, das sie blosse Uebersetzung dieses Letzteren waren.

geliebkost und sich selbst angeklagt zu haben; von Dionysos wurde die über das Königshaus verhängte Strafe in fasslicher Weise begründet. Die Verwandlung des Kadmos und seiner Gemahlin Harmonia in Schlangen oder Drachen, des Ersteren Kriegszug an der Spitze eines Barbarenheeres, endlich die Ruhe Beider im Lande der Seligen — die Bedeutung dieser Weissagungen für die griechische Mythologie mögen Andere erforschen. Für die Erklärung des Stückes sind sie durchaus unwesentlich. Im Uebrigen vergleiche man die Epiloge in andern Dramen des Euripides, und man wird bald sehen, dass diese Götterreden, ebenso wie die Prologe, kaum je einen neuen oder besonderen Gedanken enthalten, der nicht schon vorher oder nachher, d. h. im Hauptstück, wenn auch in anderer Fassung ausgesprochen wäre. Inwiefern sie aber darum noch keineswegs als überflüssige Zusätze anzusehen sind, ist oben (Note 29) wenigstens angedeutet worden; die Frage nach ihrer Zweckmässigkeit und künstlerischen Berechtigung bedarf immer noch (auch die neueste Abhandlung über die Prologe: De prologorum Euripideorum caussa ac ratione von F. Commer, Bonnerdissertation v. J. 1864 — bietet wenig Brauchbares und geht kaum über alte und neue Gemeinplätze hinaus; das Beste darin kommt von Lessing's treffenden Bemerkungen in der Hamb. Dramaturgie I. 48. und 49. Stück) einer eingehenden Untersuchung und wohlerwogenen Prüfung, für welche nach meinem Dafürhalten Hartung bis jetzt das Meiste vorgearbeitet gat.

Die Böckh'sche Annahme von einer doppelten Recension der Bakchen (de Gr. trag. princ. S. 302—305) habe ich absichtlich unberührt gelassen; wie es sich damit verhält, kann kein Mensch wissen. Ein Verzeichniss der Nachahmungen und Urtheile der Alten über die Tragödie findet man bei Hartung im Eurip. restit. Bd. II. S. 557. f. Vgl. O. Jahn, Pentheus und die Mainaden S. 6. Note 12.